森 忠明
Mori Tadaaki

# ともきたる

## 空谷跫音録

◆くうこくきょうおんろく

翰林書房

ともきたる

空谷跫音録——目次

# ともきたる

空谷跫音録

# 少女たちへ贈った覚醒＆暴露技術語群

「いつかあなたにも入門者が来るだろうけど、女弟子はとっちゃいけないよ」

1967年の夏、詩人気取りだった19歳の私に寺山修司はそう言った。「なぜ」と反問しなかったために理由がわからず、首を捻《ひね》っているうちに四十余年が過ぎた。生来異性に甘い私は押しかけ女弟子をとってしまい、直木賞ほかいろんな賞をとる者が5、6人でたが、今では皆音沙汰なし。「なるほど、女は忘恩の徒ゆえか」と合点したのはまちがいだった。

このたび本稿を執筆するにあたり、『寺山修司著作集』（クインテッセンス出版）の第一巻に収載された童話14篇を含味して魂消《たまげ》たのは、登場する少女たちの神聖顕現性というか生憎の化身というか、超自我に融即《ゆうそく》する変容および伝導アイテムとしての姿だった。そういう〈少女〉を憑拠《ひょうきょ》とする女流はいつか魔境に達し、男の私などを蹴散らすようになることを寺山修司は見抜いていたのである。

よく考えてみれば、16歳の安寿が山椒大夫に名をきかれ、「お好きな名をつければよいでしょう」といらへた昔から〈少女〉とは見事な存在だったのであり、もし彼女に「童話の定義って」と問うたなら、放下した潮汲《しおく》（詩を汲）み娘はこう言うだろう。

「楽しめればすべてが童話なの」

寺山童話に描かれた少女像の変遷

14篇は秀れた監修者が選んだだけあり、全作たのしめた。40年ぶりに読んだ作品は懐かしかった。

50年代、著者はたち過ぎの本『はだしの恋唄』から採られた「堕ちた天使」「レーナの死」「火について」「泥棒のタンゴ」に共通するのは、恋慕される少女たちと、時空の対流や回互に錯乱する男たちの悲劇性である。少女由美による衆愚観を描いた「火について」は、原発に揺れる現今が何と半世紀前に描出されていることに驚く。「泥棒のタンゴ」に多用されるフラッシュ・バックの鮮やかさは、後年の映画製作の必然をあらわす。

60年代に発表された5篇のうちで最もたのしめたのは「二万四千回のキッス」だった。死を前にした老ギャングの叙事詩風な語りによって、彼に計測時間と遠近法からの離脱を別伝したのは幼馴染《おさなな》み《じ》の元美少女であることを知る。

79年刊行の『赤糸で縫いとじられた物語』に収められた「踊りたいけれど踊れない」。ここに登場する15歳のミズエは身体論の初学者で、ロバおじさんに「おまえは、あたまだけを信用しているようだがあたまだけが正直者とはかぎらんぞ」と諭される。ミズエは言うことをきかない自分の手足を見つめ「女のからだはお城です」、「お城はひろすぎる」と不安げに呟くが不幸そうではない。

## 寺山の「少女耽奇」

これらの本が世にでてすぐ、「子どもには理解できない」だの「気の利いた寓話」だのという浅見があったと記憶する。

「自分の捏造した蝶や花や蛇を通して主体の決定不全性の夢を楽しく見ることに過ぎず、事実の隠蔽という弱者の認識論の逃走に見えてしまう」（曫田竜蔵／『ユリイカ』93年12月号）。

かもしれないけれど、実は〈捏造、決定不全、隠蔽、弱者、逃走〉などは、人生が始まったばかり（構造ニヒリズムや政治主義テクノロジーの罠に眠る前）の少女たちへ、寺山修司が贈った覚醒&暴露技術語群なのであり、ハイデガー抵抗哲学ばりの抵抗詩学用語と呼ばれるべきものである。

かつてボルヘスは「私が信じているのは暗示だけ」と語り、「論証などでは何ぴとも納得しない」とエマーソンは書いた。いわゆる童話の、短く静かな摂受問《しょうじゅもん》的暗示は、演劇などの折伏門《しゃくぶくもん》的荒事よりも深遠にあり、少女こそが「一番まともな読者」（ボルヘス）であることを寺山修司は知っていた。

晩年、「少女耽奇」なる題目で、「無垢な少女の胸の中で死に」、「世界の運命を（少女の）小さな肉体の迷宮に封じこめ」ることが「僕の人工庭園のユートピアなのであった」と記す我が師の狂狷《きょうけん》ぶりはおそろしい。

（『寺山修司の迷宮世界』二〇一三年五月・洋泉社）

# テラヤマ母子手帳

この原稿を依頼された私が、多摩てばこネットのオフィスに初めて出向いた日、クールな警視庁刑事といった感じのスタッフ（芳賀敏博氏）があらわれ、〈お前の旧悪は全部調べてあるんだよ〉といったふうに、ツツッと私に突き付けたのは、いたく日に焼けた一冊の文庫本であった。

それ、寺山修司著『書を捨てよ、町へ出よう』（角川書店）の第三章には、三十五年前に十八歳だった私が書いた長詩〈母捨記——はは すてのき〉が載っている。

処女作（初犯？）とは大概つたないものであろう。できれば完全に忘却してしまいたいのだけれど、自分が一等ウブウブしかったことの証拠資料でもあるのであって、〈よくぞ見つけてくださいヤシタ〉と、感涙にむせびたくなるような気持ちもあるのである。

つまり、芳賀さんの趣意は、我が師寺山修司について供述せよということらしく、私の拙劣時代をあばくのが目的ではないことが分かり、いささか安堵したのだった。

青森県出身の詩人寺山修司と、その母寺山はつ氏は、多摩との縁が深い。

昭和二十九年ごろ、立川基地でメードをしていたはつ氏に金を借りにきた早大一年生の修司。

あいにく母は不在、しかたなく北口交番で帰りの電車賃を立て替えてもらった。まもなく腎臓病が悪化して休学、立川の川野病院に入った。そこで死ぬはずだったが奇跡的に快復する。

ハイティーンの私との初対面の時、詩人は据わった大目玉をさらに据わらせ、「あなたはタチカワ、か」と呟くように言い、複雑な笑みを浮かべた。寺山修司にとっての立川は、貧苦と病苦の、できれば忘却したい町なのだろうが、他面、起死回生の幸偶的地点でもあった。

結婚した一人息子の態度の変化に、ひどく悲観したはつ氏は、死に場所を探して高尾山の麓をさまよう。と、前方に、故郷の三沢にそっくりな風景があらわれる。はつ氏から自裁の思いが消え、(不日死んだらこの寺に墓をたてよう) と決心。

たしかに、八王子市高尾霊園の、詩人とその父母が眠る上を飛ぶカラスたちは、詩人が監督した映画『田園に死す』のカラスたちと同じように見えるのである。

(『多摩てばこネット』二〇〇一年七月)

# 寥をみせる

手元に昭和四二年九月十三日消印の葉書がある。〈前略。寺山さんがあなたの全作品を拝見したいとの事です。よろしかったら持っていらして下さい！〉田中未知氏の有能ぶりをあらわす美しいペン字。これは確か二通目だ。

当時、私は十九歳。学研の『高3コース』文芸欄で選者をしていた寺山修司に詩を認められて欣々然。あの恍惚は四十一年たっても忘れないが、何故あんなに手放しの選評をもらえたのか今もって分からない。「私とは誰か」と諧謔する神も霊も持たない少年への憐憫であったのかもしれない。

近年親しくしていただいている写真家・細江英公氏は『森忠明ハイティーン詩集』（二〇〇二刊・寺山修司選評付き）を読まれて、「寺山修司は高校三年生に対する言葉づかいなどではなく、まるで寺山と同じ大人に接しているようだ。芸術家同士の関係には十七歳の少年に対しても甘えは許されないということだ。」（俳誌『一滴』第三号）と記された。

先生（私は終始寺山をそう呼んだ）と初対面の日、「詩人では誰が好きなんですか。」と尋かれたので、「高二の秋に西荻窪で会ってくれた谷川俊太郎です。」と答えると、「あの人は日本で一番知性のある詩人だけど、俗悪な大人物になるにはそれが邪魔をするね。」微笑しながらそう言った。

前掲、未知氏からの二信は、天井棧敷第七回公演『書を捨てよ、町へ出よう』の準備のためであり、先生は私の〈全作品〉の中から使えるものを探そうとしていたのだろう。同じ頃、演出の東由多加氏と『高3コース』常連詩人・芥狂太郎と、私の三人をアパートの一室（松風荘だったか）に連れ込んだ先生は、アメリカで入手した『HAIR』のLPを聴かせた。それも『捨て町』準備行動であり、家具らしきものは何もない昏い部屋で、コートを着たまま三人の若者に教唆するデモーニッシュな横顔は、国家どころか宇宙変異を画策する「俗悪な大人物」のそれであった。

後日、下馬のマンションに再召集された芥と私、他に数名の十代詩人たちは先生からテーマを割りあてられた。「母親を主人公にした劇中劇、二十枚を一週間で書く」というのが私の生産責任量であった。『寺山修司の戯曲3』（思潮社）に収載されて現在も見ることができる「夜嵐スーパーマン母殺し」の一幕がそれである。

一九六八年九月三日。新宿の厚生年金会館小ホールで公演された『書を捨てよ、町へ出よう』の初日。厳しいダメだしの後、先生は私ひとりを伴ってホールをでると、「ああ、朝鮮海峡！　朝鮮語はいいねぇ。」上機嫌で広い道路を足早に横切り、真向いのビルの地下喫茶へ。

そして椅子に座るやいなや「上演時間が延びて劇場使用料が加算されるんです。あなたの劇を明日までに縮めてきてください。」無表情で四の五の言わせぬ口ぶり。即夜、あれほど深刻に悩んだことはない。一字一句削りたくないのである。一睡もできぬまま、破門覚悟の二日目。膝をそろえて上目づかいの私は蚊の啼くような声を出した。「縮めることはできませんでした。」「そうでしょうね。」間髪を入れず師はあっさり応えて立ち去り、楽日までどこも端折らず延長料金を払ってくれたのだった。

その前年（一九六七）、第一信で呼びだされた私は、お客人感覚で何の手伝いもせずにいると、制作の永島章雄氏が近づいてきて、「寺山さんが森忠明には出会いを感じるって言ってましたよ。」と囁いた。「あ、そうですか。」とぺこっと低頭したものの（出会いなんて、最前衛の鬼才が使う言葉かよ）と内心舌打ちしたのだった。若さとはいえ何という浅慮であろうか。後年「私は〈出会う〉ために生まれて、（略）〈出会い〉は明らかに相互の異差を確認し、そのことによって自他の現実原則を変革する」なる師の文章を知り、実に汗顔の至りであった。

第七回公演後、渋谷アマンドでサシの時、師に少し斜に構え、「大学でて立川市役所の衛生課に勤めながら、せいぜい偉大な小人物で終るのか、僕の所でモノを書いていくのか。あれかこれか、人生は二つに一つなんです。」

つまり、大学を中退してこいということであった。私はやや不貞気味に「担任の教授は中国人の楊名時っていう太極拳の達人なんですけど、彼がキャンパスを通過する姿はどんな演劇よりも刺激的ですよ。」などとウソブクと、師はレシートを取り、黙って店を出て行った。

中国人といえば、彼等は「夢」と「寣」を厳密に区分しているらしい。(『字統』)前者は庶人のもの、後者は貴人のものであり、「寣」の中で貴人は夢魔に逢い、衝撃死することもあるという。かつて師は「心身にけっして夢魔を棲まわせない」と言明したことがあるけれど、衝撃死するほどの夢魔ならばどうであったろう。寺山修司とは、それ〈出会い〉に直面する大度胸があった男であり、私は庶人の内面の神話を脱せぬまま、老いてゆくのである。

(『寺山修司研究・第二号』二〇〇八年九月・文化書房博文社)

# 終りなき学校

アメリカがベトナムで拷問技術を究極のレベルまで発達させていた頃、十九歳の私は三十二歳の寺山修司にポイエシス的拷問をうけていた。

一九六七年の夏、〈遊びにきませんか〉という葉書をもらった私は、門下生になるために祐天寺のマンションを初訪問。場おくれを感じながら二階へあがると『毛皮のマリー』の稽古が行われていた。

〈森くんが劇団に入団するつもりで来たのか見学に来たのか、その後本人に確かめていないので分からないが、応接間のまん中にすっと立っていた森くんを思い出す。（略）寺山も森くんの詩に感銘していたので、会うことを誰よりも楽しみにしていた。「劇団には向かないなあ」森くんが帰ったあと、一言呟いていたのを思い出す。〉（二〇〇二年刊『森忠明ハイティーン詩集』九條今日子氏の跋文より）

向かないなあと言いつつも、師は私を破門せず、「一切価値の改価」（ニーチェ）風実戦トレーニングを次々に課すのであった。

そもそも、向く向かない以前、小学五年時分から、いわゆる「パスカルの不安」に苛まれ、何事にもWhat Then? 状態で、社会的是認や俗権に無覚だった私は、生存そのものが不向きだったのである。

「NHKの『若い広場』に出てゲストの山崎正和の片足くらいは掬えるでしょ」「TBSの『おはよう日本』に出てください。千歳から電話でダメ出しするよ」「ザ・タイガースが主題歌をうたうTVアニメ『千一夜物語』の台本を、あなたと二人で書くから、岩波文庫全部読んでおいてね。稿料は一回十五万」「好きな現代詩人を電話で呼びだしてポエトリー・リーディングをやってほしい」「自作戯曲、自分で裸になって舞台に立たなきゃ」。

やはりこれは拷問である。

〈「書を捨てよ、町へ出よう」の詩の朗読で話題をまいた天井桟敷が、十一月二八日と十二月五日に新宿のシアター・ピットインで若い詩人たちのエネルギーを結集して詩の朗読会を開く。多くの詩人たちに参加を呼びかけて、肉声をひびかせる、さらに大きな場にしていきたいとはりきっている。〉（一九六八年十二月号『現代詩手帖』）

はりきってなどいなかった。破門されたくない一心で仕様事なくやったのだ。そのことも見抜いていたのだろう、会の準備中、トレンチコートの師は私を渋谷アマンドに呼びつけて、「どう?」と睨むような眼をした。電話で頼んだ吉岡実、三木卓、清岡卓行、大岡信らに全て振られ、やや悄然としていた弟子を見かねたのであろう師は、「書く紙ある?」と言い、無いと知るや私が持っていた『現代詩集』（筑摩書房・日本文学大系）から月報を抜き取り、富岡多恵子のエッセイが印刷されている頁に、私の太字万年筆で朗読会のタイムテーブルを記しはじめた。参加予定のハイティーン詩人の名を私から聞きだすと、何と分刻み、イラスト入りで二時間の進行表を作った。これは、現在、拙宅に額装して掲げてあるが、見るたびに、ペンを強く握ったあの人差し指が鮮明に浮かんできて、寺山修司のテクネとは〈指で考える〉ことだったのかもしれない、と思う。私に対してだけではない、団員たちへの拷問に近い指導熱は、自ら亡ぶことを諾う者に出会った時のものとしか考えられない。そういう有難みや凄みを知らない時点、そう、『毛皮のマリー』の稽古中、私には真の〈入団式〉が用意されていた。

「チュウメイさん、悪いけどマリーが使う手鏡をＮＨＫの○○（たしか高津）へ取りに行って」。九條氏の命令？　に逆らうわけにはいかなかった。なにしろ我が父の憧れのスターだった女性である。放送センターの西玄関に面すると、右の端に大きな搬入口が今でもあるが、件の手鏡はその奥まで、およそ百メートル歩かないと借りられないのだった。無人の薄暗い通路を進んでゆくと、手綱を片方の壁につながれ黄覆輪の鞍置いた馬が一疋、静かに通せんぼしているではないか。そいつは大河ドラマ『源義経』に出演した〝大道具〟だったのだろう、尻の後を恐々通過しようとする私に寄らば蹴るぞの態勢をとってくる。実にオソロシかった。（あの寺山修司には、馬に蹴られて身捨つるほどの価値があるか—。）一時間以上も馬の尻の前で悩み続けていると、車でやってきた九條氏は唖然呆然、ものも言えないようなのであった。

毛皮のマリーは劇中、「教育やしつけってのは無駄なものにきまっているのですよ」と下男に嘆くけれど、ＴＶアニメがぽしゃった時には違約金を払い、拙詩『母捨記』レコード化の際には収入印紙つきの契約書をかわす律儀さ、それらは決して無駄な教育ではなく、奇縁と移調可能性を愛でつつ最終〈怪答〉を得るためのプライムコストだったのである。そして教外別伝的しつけの一つなのであった。

（『寺山修司研究第三号』二〇〇九年十一月・文化書房博文社）

# 「信じられないね」

立川伊勢丹でモンブランのインクを購った時、新製品のそれの名が〈ミステリー・ブラック〉になったというので「寺山修司のことみたいだな」と呟いたら、若い女店員は小さくうなずき、「そうですね」と言った。さすが丸善である。翌日、捨てようとしていた携帯が鳴り、出ると園田英樹（私の〃一番弟子〃で映画『ポケット・モンスター』脚本家）が「今年のチケットを送ります」とのこと。「サブタイトルは?」と尋いたら「げんえいのはしゃ、です」。勘がいい私はすぐに幻影の覇者と理解し、「寺山さんのことみたいだな」と、また言ってしまった。

〃一番弟子〃で思い出すのは東由多加と初めて出会った一九六七年の真夏。私は一九歳、東は三つ上だった。天井棧敷（ロゴ）が刷りこまれた彼の名刺を眩しく感じつつ、「東さんが寺山修司の一番弟子なら僕は何番弟子くらいですか」。いくぶん追従気味に問うと、彼は急に憮然、断固として言った。「僕は寺山修司の弟子ではありません」。

畏れ入ったふう、たじろいでみせればよかったのだろうが、「じゃあ、僕が一番弟子と名のってもいいんですね」などと放言。東は面白くなさそうに首肯して、「この天井棧敷に作者は一人いればいいんです。あなたも寺山の弟子になるより森忠明として自立すべきでしょ」とのたまった。根源生起的威厳を漂わせる二二歳であって、虚勢とは全く思われないのだった。

新宿荒木町のロック・バー『テキサス・フラッド』店主・関根章（私の高校後輩で六八年の『書を捨てよ、町へ出よう』の舞台に飛び入り出演した男）から郵パックが届いたのは六月下旬。あけてみるとＣＤ一枚。なんと三四年ぶりにGREENWOOD RECORDSなるところが単独発売した『加川良と東京キッドブラザーズ・十月は黄昏の国』であった。〈作詞、作曲に、加川良、小椋佳が加わり、ニューミュージック・シーンにおける新たな音楽性を示した隠れた名盤！　坪田直子、柴田恭兵デビュー作〉と印刷されていて、解説の小川真一が〈詩人で童話作家の森忠明の書いた詩にメロディーをのせた「人に生まれて」（略）などは、ミュージカルを離れてひとつの作品として十分聴き応えがあり〉と記している。オリジナルのＬＰ（ワーナー・パイオニア）は持っていたがＣＤ化は予想していなかったので嬉しく、当時、七五年の東由多加の残像が、またもや色濃く浮上してきたのだった。

『書を捨てよ、町へ出よう』演出を最後に、東京キッドブラザーズの主宰者となった東は、第四回の作品『黄金バット』（'69）の構成と詩を私に依頼してきた。それから六年を経て、長編童話を書いている最中の私に、「民音のプロデュース、読売ホールで上演予定のミュージカルに、あなたの詞がほしいのです」。相変わらず丁寧な言葉づかいの東から電話が来た。古日記によれば三月一三日。その後二か月間に一〇篇ほどの詞を渡したが、どれも気に入らなかったらしい。（これで俺の非才もペテン師性もバレちゃったな）と諦めていた頃、また東本人から「新橋第一ホテルに今すぐ来てください」と一方的な電話（五月一二日）。頸を洗って出向くと、彼は黙って小椋佳と加川良の歌詞、合わせて七篇をさしだし、

「今晩あなたとここに一泊します。僕は疲れているので寝ますが、明日の朝までにこの小椋と加川のフォーク調の詞をブットバスような、ロック調のやつを一つ作ってください」。有無を言わせぬクールな口調。誰かに殴られたらしい左眼の青痣をミラーサングラスで隠したまま、ゆっくり入浴を終えた東はベッドに横たわった。そして神妙に語り始めた。

「今夜、このホテルの中に、寺山修司のことを考えている人間は一人もいないでしょう。野坂昭如のことを考えているのは二人、かな。寺山の影響力について、あなたはどう思いますか」。

私はシオラン同様、〈最も明晰な意識とは虚無である〉と信じていた時分ゆえ、（エイキョウリョクなんて、しみったれたこと言うなよ。寺山修司はリラ、要するに神々の宇宙遊戯につきあってんだろ。地上べったりの野坂なんかと比べちゃならないメガロプシュキアなんだぜ）と胸の内で言葉にしたけれど、「うーん」と唸ってみせるにとどめておいた。そして明け方までにこしらえたのが「人に生まれて」であり、契約書をかわし、作詞料三万円をもらったので

あった。

七六年の二月、渋谷「トモロー」で寺山修司に出会った夜、「あの東が人に金を払えるようになりましたか」。我が師は心底愉快そうな笑顔をみせた。

「おまんこのことをセクスなんて書く大江健三郎や、そういうことを全く書かない清岡卓行なんて、信じられないね」。

美言信ならず（老子）か、サシの時、師は私にそう吐き棄てたが、東由多加は師にとって、数少ないカタリスト、信使の一人であったのだろう。

（『寺山修司研究第四号』二〇一一年一月・文化書房博文社）

# 詩と絵の学校

都立五日市高校三年生の夏、寺山修司に詩を認められた私は、〈遊びに来ませんか〉というハガキをもらって有頂天。渋谷から東横線に乗り祐天寺で下車して、三階建てのマンションに詩人を訪ねた。

寺山修司は私の年齢を訊き、「若いなー、若いなー。」と、いかにも羨ましそうに連発した。御当人もまだ三十一歳の若さだったが、大きな目玉がすわっていて、なかなかの貫禄があった。「昭和の啄木」「前衛の鬼才」などと称され、意気軒昂な時だったのである。私が自己紹介のような感じで小学校時代の登校拒否体験を語ったら、詩人はほほえみ、

「過去はすべて微笑みをもって振り返らないとね。」

諭すように言った。

それから三十年たった。不徳と煩悩のかたまりみたいな私の過去は、けっして微笑みをもって振り返れない。しかし、半世紀近くの、悔いと恥の多い人生で、唯一手放しで誇れる季節は、五日市高校での一千日だ、と断言したい。

昨春、ポプラ社から出版した『小さな蘭に』は、自分の娘に私の拙い生きざまを、正直に書き残したつもりの小品だが、そこでも五高で過ごした三年間だけは、幸福な自慢話として次のように記すことができた。

〈五高でも美術には打ち込んだ。なにしろ東京のチベットと呼ばれる五日市町だ。山紫水明。絵の授業はたいてい秋川や山の中でやった。担当の鈴木正代先生は、おうようというか、ずいぶんおっとりした美人だった。パパが冗談半分に「風景描写もいささか飽きたし、次回は女性のヌードなどいかがですか。」と言ったら、鈴木先生はこともなげに、「そうね。ヌードはきちんと勉強しておきたいわね。」教頭に本職のモデルをやとっていいか相談したらだめだったので、先生はしょげていたっけ。先生がモデルになってくれてもよかったな。

絵のほかに打ち込んだのは、新聞作り（『五高新聞』編集長）と華道部（草月流）と写真同好会（人物スナップ専門）と陸上部（マラソン）。勉強は試験前の一夜漬けしかしなかったから赤点だらけ。落第が確定してたんだけど、「文化活動で他の生徒にカツを入れた森の功績は大」という鈴木貞三校長の一言によって、また卒業させられてしまった。国語の平島成夫先生など「おまえがこの高校にいるうちはオレもいるよ。三年で卒業しなくちゃならないっていう決まりはないしな。」と激励してくれたし、高一からのガールフレンドだったU・Iさんも「落第なんて詩人らしすぎるなー。まあいいか。」なんて笑っていたから、パパは留年のほぞを固めて草月流や現像の腕を磨いていたんだ。なのに、急に卒業しなくちゃならない。倫社の石井道郎先生が、「損益勘定もソロバンも出来ないあなたでも勤まる銀行がありましてね。そこに入れてあげることもできるんですが、あなたみたいな人はあと四年くらい大学で遊んだほうがよいでしょう。」とおっしゃるので、どこかの大学へ進むことにした〉。

かくのごとく、多くの先生から過分な愛を賜った私は幸せ者だと思う。そして、豊かな自然と、地元の人々のさりげない温情に包まれながら、詩や絵をかいていたあの三年間が、私の原点であり、一生の宝なのだと思っている。

(『東京都立五日市高等学校創立五十周年記念誌』一九九九年三月)

# 敢えて血を荒らすことの　帰燕風人舎命名由来　Migratory Bird Company

話は古くて一九六八年の九月。三十三歳の寺山修司は二十歳の私に『書を捨てよ、町へ出よう』のための劇中劇を書かせてから、その主人公を私自身が演じるように言い、「舞台で裸になれるようでなくちゃだめだ」と威した。

私は破門を覚悟して「そんなみっともないこと、世が世なら伊達藩の家臣たるぼくに出来るわけないでしょ」とアナクロを叫び、作・演出のみで許してもらったことがある。

演劇、「あれは卑しい賑やかな世界」であり、賑やかなやつらは信じられない、と書いたのは吉本隆明だが、寺山修司は敢えてその卑しい血を荒らすことの〈例外の快楽〉を見占めつつ、〈錯乱のエクササイズ〉への独航をつづけてゆき、童話作家という一見後生楽な港に投錨してしまった私を蔑する風でもなく、死の直前にも「たまには遊びに来てください」などという有情の打電をくれたりした。

十年前、本公演の演出家園田英樹が私の童話を読んだといってファンレターをよこした。会ってみると白皙の学生。美しい散文詩を作っていた。その友人に本公演の制作者府川雅明がいて、悪意と清虚をあるじとする詩を量産していた。

作者の佐藤大介は一昨年、西武シードホールでの寺山修司全仕事展シンポジウムに、観客として椅子に座っていた。壇上で兄弟子の一人に対し、「あんたもダラクした」と吠えて憤然と退席した私を、池袋の吟遊詩人佐藤大介が追いかけてきたのである。「ハイティーン詩集、『母捨記』の森さん？」彼はＡＩＤＳ患者を見るかのように私を見た。

こうして詩なるものの引き合わせによった園田英樹、府川雅明、佐藤大介には、承認されにくい観念に身をささげるだけの人非人性と、それを持続してゆくだけの筋力がある。無翼ながら〈時速百キロ〉以上、コンビニエンスな悟達や美学に糞爆弾をあびせつつ、敢えて幻の黒蝶を追うアモールたち。

二十年前、愚鈍と偏屈によって寺山修司を悲しませた私は、自分で出来なかったことを、新世代のアモールたちにゆだね、師恩にいささかなりと報い、負い目を軽減したいという魂胆なのだ。

一帰燕家系に詩人などなからむ

寺山修司の俳句に頻出する帰燕の姿。

わが若き風人たちから出会いの場の命名を請われた私は、迷わず帰燕風人舎としたためて送ったが、だからといって寺山修司の衣鉢を継げというのではない。

MIGRATORY BIRD——漂鳥。それは文字通り世界を股にかけて往還変相せざるをえないものの旅情、寺山修司をも一起点にすぎなくするもののメタファであるからだ。継ぐべきは漂鳥の素心のみであろう。

帰燕風人舎諸氏の表現、あるいは裏現、花夢あるはずの航程を予祝してやまない。

（『帰燕風人舎』第一回公演「ハイスクール・ドリーマー」パンフレット・一九八八年二月）

# 不能犯からの最高指令

独自の悲劇的弁証法を駆動しつつ、我々の目に物見せてくれる有能な不能犯。それが、園田英樹である。

マドレーヌの香りならぬオナニーの香りの中、電波空電ノイズを玲瓏の通奏低音として上空飛翔力を捕捉すべく、センス・データの森を血だるまで遊走する必敗の夢想家たち――桃園花子、榊ララ、田中ユメ、ストラトス教授、高倉健二――かれらは老化する時空に投げ出された現身に、マイナー・トランキライザー一錠の助けもないまま、酸性雨を浴び、文明毒を嚥下し、袋小路でのたうつ。

四年前の夏、新宿歌舞伎町の地下キャバレーで見た『ファンタスト』初演は、実に感動的なものであった。

それは二十五歳だった園田英樹が、自身の無名と世界の無明にいらだつ魂を、銀湾の果て、無涯へ向けてひたすら消散するという、少年的愚行の美しさを成就し、同時に放下していたからである。

ソノダ・コスモロジー『ファンタスト』において最大の悲劇は、花子にとってのゴドーたる時間局エージェント、またの名新波三郎が、その少年的風情とはうらはらに、ひどく硬化した「知」の主であり、「秩序」の単位であり、凡流のメントールでしかなかったことであろう。

劇なかば、教師坂本にグラウンド10周の罰をうけた三郎の詩的独白の、長く陶然とした響きには、あらゆる虚偽論を止揚したはずの未来人スーパー・ジェッターらしからぬ黄昏の倫理と引かれ者的撞着がただよう。なぜか。私には分明でないが、三郎の現象学的反省モノローグは、諦観や狂言や共業といったものをスーパービジョンできなかったテクノロジストの挽歌以外の何であろう。

終幕ちかくには「なぐさめの言葉もありません」的慣用句地獄を採用して、花子に希望づけする判断停止感傷旅行者新波三郎がいる。それはまた作者の、ある種の臨界であるかもしれないが、才能上の限界ではないだろう。

なぜなら、いかにも主人公風に見えを切る二枚目の三郎は、私見によれば亡命中のルシファーにすぎず、本編の真の正体であり、聖なる客体は、背中に演技主義用のボタンをセットしたジゴマその人であるからだ。

汝鳥CP3型アンドロイドの死に涙するジゴマは、背中にボタンの他力本願や、無価値な保健婦をよそおいつつ、究極の敵を発見すれば相互主観性もなんのその、決然としてレーザー銃を撃つ！

この有愁と忍耐、ひるがえって勝れた衝動性を持つ特異なキャラクター、ジゴマの発明と、ジゴマの強烈な狐臭あるがゆえに、作者の手なれた大団円の操作も、きわどい許しを得られるだろう。

それにしてもＴＯＴＯ便器型高性能タイムマシンによって未来へ送られた金時校長の、一週間分の黄金（ウンコ）は、今ごろ奈辺を迷走しているのであろう。

過去へではなく未来へ黄金をワープさせ、それを青い鳥として追え、という園田英樹の黒魔術、カヤカベ教、丑の時参り以上の呪法および呪力の、なんと晴れがましいことだろう。

彼を当代一級の不能犯と規定する所以である。

（『FANTAST』帰燕風人舎第二回公演パンフレット・一九八八年十月）

# 聖なるダーティワークに花束を

四十年前、保育園のおゆうぎ会で『一茶と子供』なる芝居の一茶役をやらされた私は、役者としての才能に恵まれていないことを知った。演劇実験室「天井棧敷」創立のころ、寺山修司に役者をやるようせっつかれても諾《うべな》わず、文芸部長に甘んじたのは、幼少のみぎりの自己苛察と断念あるがゆえであった。

作者であるとともに役者であり、演出もする〈一身三生〉の実現は、私にとっては叶わぬ夢なのに、わが帰燕風人舎の面々は、いとも軽々とその三生あるいは四生を生きてきた。

「ホンを書けるやつばかりの劇団なんて異常だ！」と憎まれ口をたたく私に、「史上最強の劇団といってください」などと涼しげにうそぶくのは園田英樹である。

軽々と涼しく、とはいえ、内実はダーティワークとしかいいようのない鍛練と忍耐の十年だったことを私は知っている。

〈癖《ヘキ》なき人と交わるべからず、その深情なきを以てなり。疵《キズ》なき人と交わるべからず、その真気なきを以てなり。〉とは『陶庵夢憶』の一節だが、ヘキある人とキズある人の離合集散地点たる帰燕風人舎の一昔は、実に深情と真気に満ちたものであった。全身全霊を以て協力してくださった客演ならびにスタッフのかたがたには、これといった御礼もできなかったけれど、あの名場面の一瞬一景を胸底に永く留め、次作への糧とすることでむくいたい。

初期の公演には時世粧《じせいそう》を帯びすぎて銀流し的なものもあったが、全八回の演目に共通する〈人間苦特有の美しさの追及〉は、年々詩的に深化、現代の虚無や反形相とのつきあい方、間合いの取り方を、微笑のうちに別伝するくらいの境位には達していると言えるだろう。それは、(仲間ぼめのそしりを覚悟で記せば)帰燕風人舎全員に感じられる成心なき精神と、官能のレベルを超えようと願う天性のプロプリテが呼びよせた、こぼれ幸い的一成果なのである。

無論、成果はパーマネントではなく腐りやすい。創立十年にして確認すべきは無外流剣法の教え、〈更ニ参ゼヨ三十年〉といったことであろう。

末筆で失礼ながら、知る人ぞ知る小劇団に、奇特な慈眼を注ぎつづけてくださった観客諸氏に万謝する。

(『帰燕風人舎』第八回公演「愛情物語」パンフレット・一九九五年十二月)

# 帰燕風人舎の黙劇

金子光晴の晩年の弟子である梅田智江氏から〈ポエム・カーニヴァル＝東京サリン〉と銘打たれた案内状がきた。詩の朗読、ロックバンドの競演、ドラマなどのごった煮が、ドリンク付き千五百円で味わえるとのことだが、詩の朗読なるものには昔苦汁をなめた経験があるので食指が動かなかった。会場はどこかとみると、新宿は旧武蔵野館通りを甲州街道へ向かって歩き、ガードの手前で左に折れてすぐの〈シアターＰＯＯ《プー》〉とある。「南口の公衆便所の近くだな」と独りごつ。画家松本竣介ファンの私は、彼が戦前にスケッチしたという公衆便所周辺の猥雑さがなぜか好きで、「久しぶりに行ってみるか」と腰を上げた。

十月十五日午後六時、新宿着。目あての便所もガード横の石段も消えていた。四半世紀前、はたちの私が寺山修司に新宿ピット・インで詩の朗読をやるように言われた頃には、あの公衆便所も現役で、そこの壁の落書きを即興詩のきっかけに拝借したりしたのだった。当時をふり返れば若さというものの度し難さに冷や汗が出そうだ。「好きな詩人に電話して飛び入りをたのんだら」との寺山提案に従った私は、がんがんかけまくったのである。それぞれの詩人の断りかたに、それぞれの作風があらわれているようなので、ちょっと再録してみよう。

吉岡　実「読むのはキライだ」
清岡卓行「若い者にまかせる」
木原孝一「どうしようか」
三木　卓「照れくさい」
大岡　信「読みたいが多忙なので」
（一九六七年・「天井桟敷」第四回公演パンフレットから転載）

〈東京サリン〉第一部の詩人たち――筏丸けいこ、高田理香、青木栄瞳は美形で目の保養にはなったものの、原稿をにらみっぱなしの朗読からは、私が好意的オーディエンスゆえか、こそばゆいような羞恥しか感じられない。無毒もいいとこ、ガスマスクは全然必要ない作品であった。寺山修司のきつい御達し「原稿読んでるようじゃ駄目だ」を痛感していると、『モンティのチャールダーシュ』に似た、憂愁きわまるジプシーバイオリンが流れてきて、劇団・帰《き》燕風人舎《えんふうじんしゃ》の黙劇が始まった。

まず、半裸タイツ姿の中村和三郎が登場、叙情的な四分の二拍子の導入部をナルシス然と舞ってみせる。見事な筋肉に支えられた蒼白な面持ちは充分に悲劇的。曲が急速の主部に入ると同時に、長めのキャミソール？　を着た小木美恵子が走り込み、中村の腰にすがりつく。私は「ジプシー版道成寺かな」と推測する。この小木が素晴らしい。それもそのはず、かの大駱駝艦の名花で〈暗黒のジゼル〉と賞された人。たしか淫麗という表現が漢和辞典にあったけれど、観客に対峙した小木は、東洋西洋ハイブリッドの美少年風で、私には唐突に「頑物喪志」の四字が浮かんだ。

安珍ならぬ中村が清姫ならぬ小木を煩悶のすえに受容し、灼いまなざしを交わしあい、テントも幌馬車もないまま、さらなる漂泊に出ようとした矢先、海水パンツに水中メガネの男真下茂俊が女を奪い返しにくる。メガネにかくれて定かでないが、きっと血眼《ちまなこ》果たし眼にちがいない。この白人のように色白の男は、ドーバー海峡あるいはドナウ川を泳いでまで女を追ってきたのだろう。さっそくジプシー中村と白人真下（もしかすると完全定着ジプシーの首長かも）の争闘演技。曲はツィゴイネルワイゼンの早回しに変じ、どたばた体育舞踊みたいになり、色《いろ》悪《あく》ぽかった中村も真下と同じ半道敵（チャリガタキ）に下落し、止めに入った女も喜劇的な急ノ舞に転じ、そのへんも道成寺ばりだなと思う。俗人の私は自分の離婚沙汰における愁嘆ならびに修羅場の数々を想起してしまい、目をあけていて見ていない数秒があったらしく、はっと気づいた時には眼前の三者は黒みに包まれ、劇は終わっていた。

一九八七年に放送作家の園田英樹が創立した劇団・帰燕風人舎が、経歴誇示的回顧趣味に陥りかけていた私の錆を、いわば〝一瞬の秋〟のように、ひと掻き落としてくれた。

四半世紀前、アングラと呼ばれた劇団の、いかにも罪深そうな裸体群とくらべて、中村和三郎や真下茂俊の、史上最強のプロップといった身体は、未発の劇をしずかに待ち、明るくそこに有った。そして、他種族への奉仕心など持ちあわせていないと言われるジプシーのように、メジャーにも前衛にも傾成せず、ただ一途に輝いているように見えた。

（『演劇と教育一月号』一九九五年・晩成書房）

# コメット・タケウチ

二十四年前、私が二十四歳の夏に、有明昭一良《あきいちろ》という名の幼友達が琵琶湖で溺死した。彼は間宮林蔵の子孫だけあって、小学生の頃から一人で〝校外探検〟にのりだし、いつも教師に叱られていた。中三の夏休み「奥多摩でキャンプしましょう」と珍しく私を誘った。真夜中、テントから首だけだして満天の星を眺めながら、「この地球も、あんな星くずの一つかと思うとムナシクなるね」と私が言うと「あの星のどれかから追放されて、ここにいるような気がする」と有明は答えた。

彼が死んだ翌年、私は彼を主人公にした少年小説『きみはサヨナラ族か』を書き、それだけでは足りずに『星くずのたずねびと』を書いた。ダンという劣等生のモデルは私で、ダンゴムシ星の王子は有明のイメージである。かえりみて不思議なのは、ＮＨＫ東京放送児童劇団の大スター作者（筒井敬介氏、井上ひさし氏他）の中に、私ごとき無名の星くず作者が割り込めたことだ。指導者の故・長橋光雄先生に自分を売り込んだせいもあるけれど、竹内照夫氏からＯＫが出たことが大きいのだった。ゆえに私は鬼《おに》の竹内（二十七歳の美青年はそう呼ばれていた）に発見された星のようなもの。星は発見者の名を付けられるので、私はさしづめ〈コメット・タケウチ〉であり、今夏、二十三年ぶりに新宿の夜空に還《かえ》ってくることができたのも、その発見者と劇団民藝の一流スタッフと振付森田守恒氏と当時どこの星にも存在しなかった少年少女たちのおかげである。深謝したい。

昨年の楽日、となりの席に座っていた男の子と仲良くなった私は、手をつないでフィナーレの歌をうたった。あとで分かったのだが、彼は林ゆりかさん（初演の時にゴキブリ・マリコ役）の御子息だった。歳月は流れたのである。長生きしてよかった。

（『東京放送児童劇団』第二十四回公演「星くずのたずねびと」パンフレット・一九九七年八月）

## 生き延びよ、ストラグラー　『エクウス（馬）』

昭和三十四年、小学五年生だった私は、存在の空無感に襲われて精神科に通い、登校を拒否、落伍者《ストラグラー》の暗い森を歩き出した。「ずいぶん早かったですね。僕は高校生の時だもん」と、谷川俊太郎氏に誉め（？）られたのは二十一世紀が始まったばかりの頃、関東医療少年院から電話がかかってきた。

「神戸の、あの少年を面倒みていただけませんか」

マイナーポエットの私に何を間違えて白羽だか黒羽だかの矢を立てたのだろう——自己卑下も過剰なほど考え込んでいたら、九歳だった娘がつっこみをいれた。「パパはオカルト大嫌いだけど、それっぽい人たちとつながる運命なの。宮崎勤とかね」

そうかもしれない。私は東京都立五日市高等学校生のみぎり、彼の家の畑に設置されていた焼却炉を無断使用、下手なラブレターなどを処分していたのだった。

唯一信じられる〈神〉と崇めていたはずの愛馬六頭の目を、ピックで突き刺すという、英国で実際にあった少年犯罪をもとにした暗箱解析的ドラマ『エクウス（馬）』。二〇〇四年四月十六日、自由劇場 柿《こけら》落し公演が開幕してすぐ、私は驚いた。件の十七歳、アラン・ストラングを演じる俳優と、かつて酒鬼薔薇聖斗を名のった少年とが極めて似ていたからだ。調教権力者たちに囲まれて、私に対峙した少年Aは、当時十八歳になっていたが、〈魔物に憑依された〉寠《やつ》れは非道かった。

劇中、最も驚き感動したのは、精神科医マーティン・ダイサートに扮する日下武史氏の、患者ばかりか己の闇をも解悶できない焦躁の、すさまじくリアルな演技だった。その誠実と良心は、昭和三十年代、私を診た臨床心理専攻者たちの不誠実を思いださせた。彼らは形而上学的軽率によって子どもの私をナメてかかったのに、ダイサートは心理療法の欠陥商品性も自分の非力も愚もさらしてみせる。まさに「共にくるう」（中井久夫氏）、生命を賭けた姿は、永年のストレートプレイで磨き上げた声容に支えられたものだった。さらに、金森馨氏による馬のマスクデザインは、神話的原型としての荘厳美を発光し、それを戴く六名の馬役の動きは、劇団四季流ワークショップの絶対を感じさせた。アランによる加害を、あたかも〝嘉害〟か嘉牲《かせい》行為のごとく観客に幻視させることができたのも、徹底して考えぬかれた演出と、対応可能な俳優の、半神的身体あってこそなのだ。プロ中のプロであることの証明は、アランとジル・メイソンの全裸シーンにおける照明術と転換法、そして洗練悪ぎりぎりの装置にも見た。

「AERA」（'03・11・10 朝日新聞社）は、少年Aの退院について〝二分する専門家の意見〟と題し、著名な犯罪心理学者F氏と私のコメントを並載した。「再犯の恐れあり」と強調するF氏に「当人を診察もせず、臆断する貴氏こそ異常者だよ」と毒づいてみたかった。

エリートと自他ともに認めているらしい者たちが「ケダモノは一生檻に入れておけ」だの「化け物は火あぶりに」だの公言してはばからぬ現世は、一億総検察官時代というほかない。彼らは、「もし自分が正しかったのであれば、目の前にいる罪人も存在せずにすんだかもしれない」と呟く、かのゾシマ長老の大悲とは無縁のやからだ。なさけない。

あの二人、アランとダイサートは自裁するかもしれない……。終演後の私の思いだった。アランの父同様、信仰心の無い私が神仏をもちだすのは不埒《ふらち》と知りつつ、願わくは東洋の痴聖、鬱然たる無制約者、世外の霧立人《きりたちびと》と出会った二人が、真に救われる能楽風『エクウス』も観てみたい。あるいは、防衛的小市民の群れに攻撃されても反撃しない沈黙アランの残存劇《ごじつだん》もありうるだろう。「攻撃に値するのは神のみ」（シオラン氏）であることをアランは知っているのだから。

（『ラ・アルプ5月号』二〇〇七年五月・四季株式会社）

# 『あゆみの時間』他

漱石の『三四郎』は青年期の退屈の美しさを描いたものだといったのは、たしか河上徹太郎で、〝平成の三四郎〟というのは講道館柔道のヒーローに与えられた称号だった。

一九六八年静岡県生まれの若手映画監督・佐分克敏《さぶりかつとし》が毎回主人公に選ぶのは、平成の逸民的大学生であり、その退屈ぶりが美しいかどうかはともかく、映像全体から湧き出る成心なき精神というか、今時めずらしい清爽の印象によって私が彼につけた名は〝平成の『三四郎』〟である。

六月二十九日、世田谷区桜の貸ホールで行われた〈SABURI・FILM ＝少しマルケ風に〉に招待された私は、過ぐる年「ぴあフィルム・フェスティバル」において上映ずみの三作品（『平成元年の初夏』'89・33分／『手紙』'91・5分／『春のささやき』'92・44分）と、初公開の『あゆみの時間』（'92・30分）を見ることができた。

副題にあるアルベール・マルケの名は、佐分が捉えようとしているものを慎ましやかに明かしていて好ましい。映画の舞台の二子玉川や四谷駅周辺の色調と構図、そこを通過する人物たちの心境は、じっさいマルケの禁欲的で淡白な、ややマットな質感に似ている。岡鹿之助はマルケの芸術を「閑雅」であり「人柄はかげろうのようにフンワリ」していたと書いていたが、こけおどかしなドラマも薄汚い官能性もないサブリ・フィルムは、まさしく閑雅のありがたみと、かげろうのようにフンワリ生きることを許された者の全く慕わしい無為を定着している。編集や録音などは未だしでも、梅雨時の室内と野外風景への配光および音楽のよろしさ、街頭でのカメラワークに上等の才を認めた。

特に曳かれたのは『あゆみの時間』における姉役、山崎直子の演技だった。ホモ気のある夫と離別、レズ気のある女と同居している姉は某日、大学生の弟の下宿にあらわれて、「元亭主から養育費を取ってきて」とか、幼い実子を弟に「もらってくれない?」などと言う。弟が渋々取りに行くと、元亭主は布団の中で温めていた缶コーヒーを差しだし「すみません。お金ないんです」。駄目男どもを人屑よばわりするでもなく、諦観の面持ちでアルバイトの翻訳にうちこむ姉。弟は甥っ子と無邪気にふざけあう。上智大グラウンドを遠望する場所で、その若い母親は上智でも下愚《かぐ》でもなく、幸せでも不幸せでもなさそうに、とりとめない話を弟とする。

一昔前のテレビドラマ『北の国から』には、いしだあゆみ演じる母親が、亭主不信や子ども確保に身悶えし、作者の固陋な倫理観が用意した愁嘆場で、やたらにドタバタする鬱陶しいシーンが多出した。それとくらべ、山崎直子の静けさからは、ルサンチマンや脱家庭を止揚した、女のもう一つの本然がにじみ出て、リアルな新しい母親像を示していた。『平成元年の初夏』の主人公も酔生夢死的大学生である。

必修レポートや就職活動には不熱心、どうなとなれ式なのに、ニューロティックな美青年にはそそられめずらしく能動。尾行するのである。だがすぐに幻滅、また酔生へ還ってゆく。ジョギングの教授に伴走しながら就職あっせんをたのみ断られても、不採用で履歴書がつっかえされてきても、主人公はいたって平穏である。おなじような経験をした私などは、屈辱感にさいなまれ、呪詛をロックミュージカルに仕立てたり、それなりに灼く青春していたものだが、理想はこの映画の大学生のように社会をナメもせずアガメもせず、清虚な気分でやり過ごし、「頭のイカレた我々は、せめて目だけでも楽しもう」(ゴッホ)とか、「居候を美術の一つにしてみたい」(デュシャン)ぐらいのことは言っておくのだった。

しかし、これらの映画に世代論をあてがったり、規範喪失後の実験作などというケチくさいレッテルを貼るのは本当ではないだろう。平成ごとき狭い時空をこえた、あまねし旅人のまなざし、と高く評価するべきだろう。セーヌかと見紛う多摩川のその土手、豪雨の大ロングを走り去る美青年が、なぜか千年前の貴人、けぢめみせぬ色好み、在原のなにがしと見えないこともなく、スクリーンを横切って帰巣する鳥たちが、かの都鳥の後裔とも見えたからである。といって佐分は想像力をかきたてようとするのではなく、物欲しげな暗示をほどこすわけでもない。

かつて寺山修司は「映画は与えるのではなく、ただ疑問符を提出するくらいの役割しかもつべきではない」と記したが、疑問符を提出する役割さえ負おうとしない佐分克敏の、天真きわまるイージー・リビングは、世界の有意義ぶりに食傷している中年男の目に、美しくも嬉しい無内容として映ったのである。

（『演劇と教育八・九月合併号』一九九五年・晩成書房）

# 写真少年のかなしみとあこがれ

自称「特攻の生き残り」のおじさんが、アメリカ兵相手に営む小さな店で、小学4年生の私が中古の蛇腹式6×6を買ったのは、1958年だった。三千円は祖母に借りた。その前、一つ年上の姉が病死して、柩にスリーピング・ビューティーを見たあたりから憂き世の人事に対してSo What?。悪取空状態に陥ってしまった弟は、登校拒否のハシリとして植民地的産土《タチカワ》や逃避先の甲府市街をさまよった。自他の無意味さと虚無感を忘却できたのは、あの蛇腹式のファインダーをのぞいている時のみ。ひと月に一度、精神科通院のために帰宅すると、どうしても目がいってしまう写真があった。父方の祖父、森正夫の遺影である。1945年3月、五十半ばで死ぬのだが、彼の写真はそれだけしかないのだった。軍人ではなかったのに軍帽のようなものを被っている。

「軍服じゃ休めないから写真屋さんにたのんで余所の男のを拝借したのさ」と祖母は語った。たしかに祖父の首は名も知らぬ背広ネクタイ男の胴体に連続している。親も教師も隠蔽と偽言のかたまりで、写真だけが真実と縋りついていた私は、そんなマニピュレーションに悩乱した。敗戦を予期してか悲しげな祖父の顔に、胸板の厚いマッチョなそれは「悲連続」と言うほかはない。後年、濱谷浩『田植え女』（1953）の、頭部が省略された崇高な胴体と出会った瞬間、ぼくのおじいちゃんもこういう人の上に乗っかればよかったのに、と嘆息した。

かような自己事件化筆致とアナライズ・ミー的傾性を許してもらいたいと思う。「すべての写真は何らかの設定のなかで眺められる」（スーザン・ソンタグ『他者の苦痛へのまなざし』）なら、現在の観照者《わたし》の心的設定点というか、〈異化〉した少年時代などを供述しておくことで、今後の不整解釈の多くは〈あいまいさの耐性〉として酌量されるのではなかろうか。

『日本の自画像：写真が描く戦後1945―1964』（以下本展）に出品された十一名の名は、昭和写真小僧のひとりだった私にとって〈真理の遠近法〉ともいうべき仰望の存在ゆえに、ミーハー的ふるえを覚えざるをえない。とすると、我が設定に〈振動〉も加えねばならず、いささか困る。

小学五、六年、通算三百日以上不登校でも、校長が親戚だったせいか卒業させられてしまった私は、渋々中学へ進んだ。そこには最初の衝撃が待っていた。細江英公『おとこと女』（1960）である。拙著『タチカワ誰故草』において散々粗雑なオマージュを捧げていることもあり、更なる非礼を慎もう。

高校時代に入れ揚げたのは奈良原一高の世界だった。リアリズムから極めて上品に抜錨した独航船。底に積まれた虚放、如幻、冥合、失錯の快楽等を長年たのしんできた私にとって、今回初めて目にした『〈人間の土地〉No.79　火の山の麓』（1954―57）は、奈良原作品らしからぬ「ド現実」（森山大道）の一葉と思われたが、着物の前がはだけた農婦に担がれた水桶に映じた空は、鹿児島黒神村の次元とはちがう、やはりナラハラ・ワールドの深間であった。本展の編纂者マーク・フューステルは「奈良原の写真が夢と現実の狭間にあるのに対し、細江のイメージは、本質的に夢の領域に属しているように思われる」と記す。諾うものの、両者が薄膜に刻したユメとは、古代中国の貴人だけが見たという〈寤〉であるのではなかろうか。夢とは庶人の品位減弱状態の謂なのだから。

写真家志望のミドルティーンだった私が、文学内文学へ退行した理由を厳密にさぐったことはない。事物を凝視するよりも事物によって内部に起った反応を説明する癖は情念屋の特徴だ、と書いたのは若き日の大岡信で、それを信ずるなら、十代後半からの私は情念的資質ゆえに写真家になれなかったのであろうし、フーコーの言う規律訓練的権力に回収されたせいかもしれない。私流キャプションが断章取義に似ていることは大目にみてもらおう。

濃すぎる情念を上回る理性と、その場に居合わせる強運の凄味で、中学生の私を圧倒したのは林忠彦であった。『煙草をくゆらす戦災孤児』（1946）や『ごみ捨て場のバー』（1950）は、多様な設定のなかで何度眺めたかしれない。生意気盛りの大学時代には「映画スチールみてえに決まりすぎ」とかほざいたものだが、『歓喜の復員』（１９４６）を見れば演出疑惑？などミミッチイものとなり、「ぼくらは／ひとごろしに行くまえに／まじわった男のこども」（三木卓「夕日のなかで」）という詩なども粉砕されそうなのだ。若い笑顔の元日本軍兵士たちは、私の父の世代であるのに、不図息子のような気がしてしまう。

川田喜久治『〈地図〉特攻隊員の写真』（１９６０―６５）も息子のように見える。白いが汚れ古びた兵服から想起したのは釋迢空の歌だった。「た、かひに死にしわが子の果てのさま――委曲《ツバラ》に思へ。苛《ツラ》き最期を」

本展の全作品は、まさしくツバラに日本の大いなる冬《メガース・ケイモーン》を検証し、転位と蘇生の契機とするために洗抜されたものだろう。現在もなお厳冬、勝利国にアイデンティファイするしかない日本は、依然として戦後なのである。

川田の『〈地図〉原爆ドーム天井、しみと剥落』（１９６０―６５）は、私に事物を凝視する能力がないことを決定的に通告した。なぜなら二十年前、三か月にわたって原爆ドームを眺めつづけた私には、非道な焚刑に爛れ呻くあの酸惨を、どこにも確認できなかったからだ。

長野重一『閉山で失職した若い炭鉱労働者』（１９５９）と、石元泰博『〈街で―東京〉』（１９５３）の鎧戸にもたれて俯く、たぶん浮浪者に、私は共感した。炭鉱青年のしどけない寝巻き姿が登校拒否中の写真小僧にそっくりなのだ。ＧＩと愉しげに歩く日本女性は、米軍基地の風俗に狎れて育った者にとって、林忠彦『客引き』(1954)の、どぶ板を踏んできたような姐さんとともに、なつかしからぬ人ではない。

未曾有のキャタクリズムに傷ついた都市生活の写真が、「たたかれて　ゆがみ走りや油虫」(伊藤虹橋)の、破れかぶれパワーを冷徹に現わす一方、濱谷浩『湯滝にうたれる女たち』(1957)、土門拳『田植え』(1953)、木村伊兵衛『青年』(1952)他の地方作品には「目薬を寂しい所でさしてゐる」(『誹風柳多留』)静かな安堵の内に、農本一千年のオーラが活写されている。

田沼武能『SKDの踊り子』(1949)の淫麗と、木村伊兵衛『秋田おばこ』(1953)の聖別したいような美しさ。デモクラシーもリベラリズムも土着的ナショナリズムも怪しい日々、彼女らの存在と美だけは否定できないのだった。

文学の最高形態たるメルヘンや、子どものディスクールにこだわってきた者としては、田沼武能『紐で電柱につながれた靴磨の子ども』(1949)土門拳『〈筑豊の子どもたち〉弁当を持ってこない子』(1959)東松照明『〈長崎〉被爆者の浦川清美さんと娘たち』(1961)などから発せられる信号、尽きせぬ多声を受け取ろうとする作業を、過去のものとして非連続視するわけにはゆかない。

土門拳『路傍』(1954)の、重病らしい少年は左腕負傷の若い父親に抱かれながら、悪魔のごとく伸し掛かる撮影者の暗影を、その涼しい瞳に捉えている。私の涙腺はここにおいて決壊した。

奈良原一高『〈Tokyo, the '50s〉No.33』、山手線車窓の少年の天使的双眸は幾分仰角、手に持つのはジョバンニかカムパネルラの切符にちがいない。

石元泰博『〈子供―東京〉』（1953―57）の、手打ち三角ベースボールに興ずる時間と、たっぷり広い空地は情報化と管理社会によって収奪されることをまだ知らない。

長崎で、窮乏にも喘いでいたはずの被爆母子を撮った翌年、東松照明は『オリンピック・カプリチオ（1962）を発表する。被爆母子像がドキュメンタリー・タッチをつきぬけて、象徴性を帯びていたことからも、この変化は驚くにあたらないが、それにしても半世紀後のHDR写真やCGを憫笑するかのような超先取りゴースト技法によって、東松はオリンピックという顕示性浪費の愚を、さりげなく示して見せる。炊き出しに並ぶ労働者の近くで、性懲りもなく五輪狂想曲に酔い痴れた都知事がいたが、「人間なんてたいしてよくはならんのです」（小林秀雄）という慰めもむなしく却って忌ま忌ましい。

忌ま忌ましいといえば、最も多く出品されている長野重一の、60年以降の写真の前で、私は近親憎悪に似たそれを払拭できなかった。『アメリカ合衆国訪問に出発する財界首脳代表団』（1961）における葉巻老人の尊大。VIPルームにしては安っぽすぎる灰皿。『東京』

（1962）のデパート駐車場でフルーツボンボンの箱を小脇に、いかにも世俗主義の二級市民然とした男は、悲しいかな、現在の私の自画像なのだ。ソンタグ女史なら「怯《ひる》む喜び」とでも言うところか。

聰明な編纂者が、これらの選択をシニカルに行なったはずはない。東は東、西は西、といった直交関数系を超えた、預言者的構築と書いても過賞ではあるまい。神および神義論を欠く種族への優越のような気配もなく、高度成長期に奮闘する日本人たちが、向上心そのものの原罪的性質に気づかずにいるらしい写真にも、本体界からの慈眼をそそいでいる。

濱谷浩『田植え女』が輝く泥に荘厳され、あたかも敦煌の菩薩立像かアマルナの王女のごとく現成しつづけるのと同様、この展覧会は日本のみならず世界の人心に創発のためのヴィジョンを贈りつづけるだろう。

（『清里フォトアートミュージアム・友の会会報 vol.39』二〇一〇年六月）

# わがサナトリウム

「金もないのに離婚したいなんて、リアルじゃないですな」

これは妻（前の）が雇った弁護士が私に放ったセリフです。

ビデオも無いＣＤも無いワープロも無い新聞もとってない私は、やはり「リアルじゃない」らしく、角川文庫やコバルト文庫にばりばり書いてどんどんお金持になっている弟子の一人は、軽侮と憐憫のまざった目で私を見ます。そして「ぼくが買ってさしあげましょう」と言ってくれますが、

「オレより才能のない人がこしらえた映画や音楽を身辺に置きたくないなあ」

ジェラシーやらルサンチマンをさとられないように断わるのはむずかしいものです。

弟子のうしろで梨の皮などむいていた妻（今の）も冷笑をうかべつつ「メカに弱いからでしょ。お金が無いせいもあるけど」。身もふたもないことを。

弁護士にも弟子にも妻にも馬鹿にされて、ミゼラブルネスになった時、読者諸賢だったらどうするのでしょうか。私の場合は、霜山徳爾氏の心理学書に救済をもとめます。氏の著作、その格調高い文章は現世における『荘子』あるいは『徒然草』とも思われ、私にとって唯一のサ

ナトリウムなのです。

〈貧《ひん》の楽《らく》は寝楽《ねらく》〉

これは至言ですが、読楽とかえてもよいのでは。無論、どんな本でも楽しいというわけではありません。装丁、特に背表紙に赤色がつかってある本は、いかに名作でも買いません。本箱に並べると変に目立って気障りなので。女性著者の略歴中には生年が記されてないのが多いですが、それもいただけません。作者からさる人へ献呈され、さる人が古書店に売り払い、そのさる人の名前がわかる本も買いません。

隣町に住む作家のY氏は町内の特定の古書店へ、献呈された本をまとめて売りに行くらしく、そこの店主はいささか得意気に、「どうですこれ、今さっきY先生がおいてった新刊ですよ」とかなんとか私にすすめること三回。贈呈本を売るのはよいとしても、売る時にはせめて〈Y様　だれそれ〉の謹呈札をはずしてくれませんか。はずしてないのは一種の放胆ぶりかもしれませんが、文士の美学やエチケットに悖ることです。Y氏は、立川駅の便所がきたないのは乗降客の質や品が悪いからだ、と週刊誌に書いたりするのですが、はたしてその資格はありや。

最近読んだある本によれば、かの島崎藤村は恵送された書物を売るにしのびず、小舟に同乗沖へ出て水葬に付したといいます。さすがは文豪、することがちがうではありませんか。

かくいう私の献本（出版社から送られてきた、どうにも好きになれない本）の処遇法は、名づけて逆万引。つまり、書店の人に気づかれないように、そのジャンルの棚に置いてくるのです。これがけっこう神経戦的で疲れる。一度やりそこね、「お客さま、これ、お忘れもの」と、つっかえされたことがあります。

よく考えたら目糞鼻糞なのでした。謹呈札をつけたまま売り払うより、逆万引のほうが〈敵意を強く抑圧している〉（誠信心理学辞典〝片頭痛〟の項）感じがあらわすぎるようだし、本屋さんにも迷惑がかかるわけだし。で、もうしません。反省。

（『本の情報誌 Do BOOK VOL.35』一九九一年十二月・日本出版販売株式会社）

# 『この湖にボート禁止』——ジェフリー・トゥリーズ作／田中明子訳

物語の語り手であるビル少年によると、「事件のいろんなきっかけはゆっくり、静かにやってきた」のだが、それにしてもまだるっこしいストーリー展開で、構成上どうなってるのか心配しながら読んでゆくうちに、ビルの育ちの良さをあらわすウイットやユーモアが面白く、このまま事件など起こらなくてもよいような気がしてきたほどだ。そして去年の今ごろ購読した詩集『東京日記』（思潮社・福間健二訳）の作者リチャード・ブローティガンからアイロニーと年齢を差し引けば、ビル少年になるんじゃないかな、と思った。

清新な心の波立ち

福間氏いわく、「ブローティガンは心の中につよくおこった一瞬の反応を逃さずに言葉にしてゆく」詩人であり、〈ゲームをしながら／ゲームをしながら、ぼくは／子どもであることを／ほんとうにやめたってことは／ぜんぜんなかったんだと思う／ゲームをしながら／ゲームをしながら〉（「年齢、四十二」）といった作品からもわかるように、彼は死ぬまで西洋のワイズな少年ぽさを失わなかった。

『この湖にボート禁止』の何よりの魅力は、主人公ビルの「一瞬の反応を逃さずに言葉にしてゆく」詩人的性格設定にある。

さて、あらすじだが――

ビルの母親のいとこが亡くなり、その人から思いがけず別荘を譲り受けることになった一家（といっても母と妹スーザンとビルだけ）は、ロンドンと思われる都会から旗の湖と呼ばれる田舎に引っ越してくる。最初は不安もあったが新しい土地にじきになじみ、持ち前の好奇心で身辺の探検にのりだす兄妹。それがもとで事件にまきこまれてゆく過程が自然に受け入れられるのは、たとえまだるっこしくても丹念な情景描写や少年少女の清新な心の波立ちを、きめこまかく書き込んでいるトゥリーズの才筆ゆえなのだ。

旗の湖屋敷に住み、湖にボートを浮かべることを執拗に禁ずるアルフレッド卿の不審な言動に、ビルとスーザンは疑問を抱く。新しい学校でできた仲間のティムやペニーも加わり、アルフレッド卿のたくらみが次第に明らかにされる。森の中でのヴァイキング時代の骸骨の発見や、やはり遠い昔に隠された修道院の宝物と、それに関する伝説は読者の興味をいや増す。冷静な判断力を持ち、将来は探偵になりたがっているティム。女優を夢みていたが足を悪くしてあきらめざるをえなかったペニー。作家志望のビルに同行する友人たちはさまざまな場面で彼らの個性を発揮する。

イギリスの田舎での暮らし、学校の様子など——ビルの生き生きとした語りによって、挿画の少ない文庫本でもゆたかにイメージできる。いわゆる少年探偵ものは謎解きの面白さのみに陥りがちなものだが、この物語では登場人物たち各々に味わい深い存在感が与えられていて、単なる宝探し小説に終わっていない。

〈きょう〉への純粋な応答

主人公たちの家庭は決して恵まれているとは言えない。ビルの家には父が不在（離婚したらしい）、ペニーには母がいない。そのことについて詳しく述べられていないのは、元々子どもたちが欠如や不満を埋め合わせたくて冒険や遊戯をするものではなく、あくまでも〈遊びを遊ぶ〉者であり、負の要素に足をとられる暇もないライド・ストレートの生きものだからだろう。彼らにとって重要なのは、自分たちの置かれた環境の中で、いかに毎日を楽しく過ごしてゆくかということなのだ。アルフレッド卿の秘密をさぐったり、宝物を見つけだすことも彼らにとっては遊びの延長にすぎない。

それはビルが「計画をたてたり、のぞみに胸をおどらせたりすることが、暮らしのなかにある楽しみの半分をしめているんじゃないだろうか。たとい、あしたの朝はどういうことになろうと、きょうはきょうで、できるだけ楽しもうというんだ」と言っているように、今のわくわくした気持ちを大切にしたいという、子どものまじりけのないたましいが彼ら自身へ発信する最高司令への純粋な応答なのだ。

そんな生徒らを後押しするのは学校の教師である。古くからのグラマー・スクールの伝統を重んじるキングスフォード先生。頑固だが有情の人物。州立女学校のフローリー先生は柔軟な思考で自由教育を推し進める。水と油のようだった二教師が修道院の宝物をめぐって一致団結してゆくところは、知的興奮をおぼえさせて痛快。

ただ、惜しむらくは、大人たちが結局この物語を解決へ向かわせる一番大きな力になってしまったという点だ。子どもたちに最後まで主導権を握らせておくべきだったと考えるのは、実作者としての私の、あざとさ、いやらしさかもしれない。

全篇にただようフレッシュな色彩感覚は、水彩画王国の作家ならではのものだろうし、精神的な香気は心あるたくみな翻訳ゆえだと思う。

（『児童文学の魅力――いま読む100冊・海外編』一九九五年五月・文溪堂）

# 『そのあと　ひとは』——たかはしけいこの詩と髙橋敏彦の書画

東京の千メートルを超える山道にジープを停めて、半日雲を眺めていると、鳥でもなく蝶でもなく甲虫でもない物が、名状しがたい不思議な高速飛行術で、視野を過ぎ去ることがある。たかはしけいこの第四詩集『そのあと　ひとは』のなかの傑作「ツグミ」等を読んで、すぐに想起したのは、あの謎の物体の飛び様と、宮澤賢治の『よだかの星』であった。しかし、両者がおびる「必死」のイメージとは違い、彼女の新詩集の魅力は、生の最高層を信じて飛ぶ必生感、いわば反・白鳥の歌にあるのだと思われた。

集中前半「恋」の部は、青春期の読者を灼くとらえるだろうし、後半突如あらわれる〝母性の嵐〟とでもいおうか、〝真空を低心拍数で飛ぶ女の凄味〟とでも唸るか、たかはしけいこならではの揚力によって、中高年読者の倦怠やへたりは一時なりと浮上することだろう。

それら、女流なればこその、艶なる熱化を、あたかも呉偉業の七絶〈渓山ヲ買ワント欲シテ銭ヲ用イズ　倦ミ来タッテ枕ヲ高ウス白雲ノホトリ〉的な、あるいはリルケの亜麻布風の、深く優しい筆精によって冷化慰撫するのは髙橋敏彦である。

過年、観光ポスター・コンクールにおいて、連続日本一に輝いた人物ではあるが、その霊性をおびた居姿と作品からは、地上の各種栄光を全て忘却したかのような、実にとういものが感じられる。つまり、二人のタカハシは、詩と書画によって生の最高層をまなざし、天空のどこかであそびつづけているのである。

（『そのあと　ひとは』二〇〇九年二月　銀の鈴社刊）

# わが瞼のムービー・ハウス

九月下旬、砂川公民館で〈現代と文学〉について駄弁を弄する機会を与えられた私は、〈参会者に御年輩の方が多かったので〉このところ疑義が生じている二、三の点を、こっちから質問して逆レクチュアを受けることにした。

疑義とは大げさみたいだが、今年二月中央公論社発行の日野啓三著『断崖の年』に収載された短編の一節に、〝――立川でまた乗り換えると、家を出てから合計一時間も乗っていないのに、日頃男が知っている東京と違った世界に来ているのを感ずる。乗ってくる人たちの体の動きに無駄がある。会話の語尾がたたみこむように切れない。（略）〟

という表現があり、その〝体の動きに無駄がある〟とは具体的にどんなふうなことなのか、〝語尾がたたみこむように切れない〟とは、やはり実際には如何なる有り様なのか、聴衆に御教示をあおいだのである。

後者については立川の本村《ほんそん》たる柴崎町に長年住んでいた方に、懇切な説明をいただくことができたが、前者については皆さん微苦笑されるのみだった。〝無駄〟と表記した作者なり、登場人物の男（腎臓に大型の悪性腫瘍を発見された作者自身と考えて私は読んだ）の立川印象批評として、まあそんなぐあいに都心生活者には映るんだろうな、といった、やや自嘲気味の笑みではあったようだが、作者（男）の、心身ともにぬきさしならない立場を推量してみたとき、〝無駄がある〟あるいは無駄ができる、ということは、単なる異郷への違和をこえた、羨望まじりの、衝撃的な発見だったのかもしれない——そんな解釈も地元ひいきゆえの見当はずれではないと思われるが、どうだろう。〝無駄〟といったら、私の下手な書き物などその最たるもので、私に文筆渡世を選ばせた元凶？　であるところの立川市内の映画館と、そこで上映された多くの映画に、あたら有為の人生を狂わされた恨みを述べたい。というのは冗談で、昭和三十年代、市内にまだ十館ものムービー・ハウス（シネマ・シアターというよりこういいたい）があった日々を、熱狂的映画少年として過ごせたことを至福とし、師恩に似た市恩のようなものを強くおぼえる。

過日、多摩川図書館で『写真集たちかわ』（けやき出版製作）をめくっていると、なつかしの映画館のファサード十葉が掲載されていた。私は持参のむしめがねで、当時どんな作品が上映されていたのかたしかめてみたら、あの、細身で知的なレタリング〈Chuo eigeki ＝立川中央映画劇場〉の下に2本立てのポスターがはってあり、いわく、

『旅情』

『賄賂』

ロマンチックにリアリスチックをぶつけてバランスをとるところなど、清濁あわせのむ大度《たいど》の町らしく、いかにも立川だ、と感動し、にこにこ満足していたら、向かいの席で宿題を片づけていた小学生に白い眼で見られた。（軽蔑するなかれ若者よ。このおじさんは丁度きみぐらいの頃、映画館の暗闇で、図書館で学ぶのとは別の、心的生活上の要諦を味得していたのだから。）あやしい人じゃないことをしめそうと、『写真集たちかわ』を極力優雅に書架へおさめたのだが、新館が建つまでの二年間だけとはいえ、この町からスクリーンが全て消えてしまうことを思うと余りに淋しく、私というおじさんの後姿には徒《ただ》ならぬ悲哀がにじんでいたにちがいない。

ある真冬。たった一人の少年観客（私）の眼前に落下してきた巨大扇風機。天井板が腐っていたらしい。かくも恐ろしく愛すべき立川名画座も今は無い。

しかし、母恋忠太郎《ちゅうたろう》のごとく両の瞼をとじれば、わが青春の〝無駄〟時間を慰め励ましてくれた十館の全景や内装が、いつも鮮麗に浮かび上がってくるのである。

（『月刊えくてびあん第100号』一九九二年十二月）

## サカキバラ・サパー

三十七年前の秋、十六歳の私が通う高校に串田孫一氏がやってきて講演した。つまらなかったので氏を侮り、ずっとその著作を読まないできた。おととしあたり、筑摩書房から出はじめた氏の作品集の装幀の良さと、各巻のタイトルの気品にひかれてポツリポツリ読みはじめ、侮ってきたことを恥じている。〈生きるということは、拒絶に立ち向かっているあらゆる仕種の総体である。だから拒絶するもののぎりぎりの姿を充分に見届けるまでそれに近寄る。これを好奇心と間違えてはならない。常に何物かに拒絶され続けていると思うことに拠って、生命力が補われている。生命力の衰えは、この拒絶するものに対して用心深くなることから始まる。〉（『揶揄う女神』1986）

きのう、2001年4月9日。映画『ハンニバル』をレイトショーでみての帰路、私は独りごちた。「ハンニバル・レクターMDにとっての〈拒絶〉とは〈無礼者〉たちのことなんですね。俺も、あいつら無礼者ども、特に次長の脳味噌を切り取って、口に押し込んでやるんだった——」

映画のラストでは、ノーブルこの上ないMDらしく、前頭葉の焼き加減はミディアムレアのようだったが、あいつらにはナマのまま自分のミソを食わしてやりたい。
　あいつらとは、関東医療少年院の幹部たちのことである。

「神戸の事件の、あの少年や、ほかの四人の重大事犯少年に、命について話してほしいんです。週一回、二時間で、任期は平成十四年度まで」

　知人の法務教官T氏から、そんな電話がきたのは去年の十二月十三日。無節操もいいとこ、筋金入りの無思想男、右にも左にも不感無覚の徒者、昼夜鬱然の中年Xたる私などに、白羽だか黒羽だか、とにかく矢を立てて、〈阿呆の力〉を利用しようという太っ腹の官員がいるらしい。それは甘い考えだった。そこは不信と抑圧の伏魔殿だったのである。

　初回。殺人を犯したという五少年についての情報を一切ださずに〈命と心〉の教育をしろという注文に、私はあきれてあくたれた。

「目で豆嚙め、っていうのかい」

　二回目の一月二十四日午前十時。少年Aとおぼしき（と書かねばならないのは、本名を名乗ってはならない決まりらしく、こっちが尋ねて彼らが正直に告げたら、ペナルティーが待っているのは確かだった）子が椅子から立ち、四百字詰原稿用紙二枚、約七百字の創作を私にさしだした。おずおずと、頰を紅潮させながら。監視役の若い教官に、一週間この作品をあずかってよいか問うと許可された。少年はどこかへ投稿したいと言った。私はまた教官に「ここから投稿できるの」ときいた。

「匿名なら」

「来週、感想文をつけて返します」と約束したら、作家志望（と初回に語った）少年は、実にうれしそうにほほえんだ。

あくる日の午後、教育調査官なる男から緊張気味の電話あり、「きのう少年が渡した作文と印鑑を持って出てきてもらいたい」高圧的である。「印鑑とは何だ。もうお払い箱か。理由を言いなさい」と私もこわばる。「今、理由は言えません」と言ったきり黙ったままだ。「辞令一枚で何の保障も無い善意の民間人をしばるつもりか。呼び付けるなどとは生意気だ。そっちが出てこい」

二時間後、指定したパレスホテル立川のロビーに三名があらわれた。カーキ色の服やサーベルが似合いそうな次長が、横柄な態度で煙草に火をつけ、あいさつなしで切り出した。「あなたはなぜ印鑑を持ってこいと言われたとき、やめさせられると思ったんですか」素直に少年の創作を返してほしいと請えばよいものを、誘導尋問と悪意解釈しかしない次長に、私は彼に最もふさわしいアナクロで対応した。「なんで特高みたいなおまえの査問を受けなきゃならないんだ、無礼者め」

それから毎回、人を信じる能力が無く、猜疑と保身一辺倒の幹部連中を、少年たちのかわりに矯正してやりたくて、孤軍奮闘したのである。一人の私に対し、テキは常に三人から六人。言質を取る気か虚仮威しか、録音機係もついていた。洒落臭え。

精神科医で作家の院長は、「森センセイにはもっとオダヤカな講話をしてほしかった」だから白紙に戻したい、と解雇通告したくせに、翌週には「任期までやってほしい」と変心し、「いろいろ言われて反省してます」「申しわけない」と低頭するものの「反省文は書けません」。強迫体質の次長には謹慎訓練と反省文を要求したが、これも拒絶。「全国に五十いくつかある少年院の総本山、江戸城本丸のあんたらの傲岸ぶりや〈不透明な存在〉ぶりは許しがたいぞ。せっかく少年たちが心をひらいてくれてるのにやめろのつづけろのと、童話作家をナメンじゃあない。業界の異端者で、〈暗い森〉とか長い間くさされてきた森忠明を、よく調べずに採用しておいて、今ごろあわてても遅い。俺に子守歌をうたわせて、少年たちを眠らせようってんならお門違いだ」

いくら荒事師市川団十郎の末裔とはいえ、品位低く荒ぶりすぎたかもしれない。しかし、同態復讐法の一種〈無礼には無礼を〉で、私憤は晴らせた。公憤は多少政治化して所有すべく、週刊ポスト記者、小川善照氏に相談し、3月9日号で告発した。

最終回の一月三十一日。関東医療少年院の寒々しい部屋で、創作に感想文をつけて返すと、膝を正した少年は真っすぐ私を見て言った。「どうしたら先生のようになれるのですか」

先生はギクリとしたが平静をよそおい、

「きみの作品を読むと、人間レベルの掟や約束ごとに捉われすぎてると思うんだ。中国の古い言葉に、天の掟、てんていというのがあるんだけど、ぼくはこの現実や世間よりも上の位置ね、天からみたらどうなのかっていう訓練をつんできたつもりなんだけど」

少年は微笑して、つぶやくように言った。

「天掟……はじめて聞きました」

若き日のキルケゴールの肖像によく似たあの少年は、無礼者を食いたがるレクター博士とは対極して、聖なるものの魂だけを血肉としてゆくはずである。

(『風餐』8号・二〇〇一年六月)

# 元少年A・著『絶歌』――〈一字の師〉の感想

2003年10月刊行『「酒鬼薔薇聖斗」への手紙』(宝島社)に寄せた拙文はこうだった。

〈一字の師〉より

憶えておられますか。

'01年1月17日、初めて君に会い、同月31日、三回目の授業を最後にお別れした講師の森忠明です。

その折、さしあげた『寺山修司選・森忠明ハイティーン詩集』と『少年小説・きみはサヨナラ族か』と『貴作〈曖想笑いに手には名刺を〉感想文』の三点――もしかすると没収されてしまったかもしれませんね。

二回目の授業で、君が自作掌編〈曖想笑いに手には名刺を〉を僕に提出してくれたことや、その最終行の一字改稿を素直に受け入れてくれたことを、今でも嬉しく思っています。「たった一字でも直すように指導しただけで「一字の師」と呼ばれるらしいから、もう君と僕とは師弟関係だね」と言ったとき、君は微笑して頷き、少し頬を染めました。ほかの時間でも君はしばしば紅潮。ウィリアム・ブレイクという英国の詩人が〈赤面は自重心の外衣である〉と記しているように、僕は君の赤面に君の誠実を見ていました。

一字の師となった僕は、その特権を発動、二、三の週刊誌に君の掌編を発表しました。あずかっている原稿料はいつかお渡ししましょう。


君と対面する三十分前。全体が幽居じみた関東医療少年院の玄関先に立ち、〈Kanto Medical Reform & Training School for the Juvenile Delinquents〉と刻まれた白御影石を見つめながら、僕は小さく溜息をつき独りごちた。「リフォームか……。壁紙を張り替えるようにはいかねえだろうな。オレに「カラマーゾフの兄弟」のゾシマ長老くらいの器量があればなあ……」

なぜドストエフスキーの作品を想起したのかというと、そこに登場するスメルジャコフ少年やイワン青年と君とを重ね合わせて、畏れつづけていたからです。

おととし、十八歳の冬、「作家になりたい」と言明した君のことですから、既に「カラマーゾフの兄弟」は読み終えているのではないでしょうか。


超長期収容（G3）の重大事犯だという君と、他の四名の少年に向かって、僕が開口一番に述べたことは、たしかこうでした。

「この教室のどこかに盗聴装置があるはずで、授業内容は監視役の教官に加えて二重にチェックされていると思う。僕は本音しか喋らないから。一回こっきりで講師をクビになるかもしれない。そうなったら出所後、僕の所に来てください。こちらからシャシャリ出て君たちの力になりたいというような、善事に対する熱情はあまりありませんが、こんな無名の作家でもよいと判断したら頼ってきてほしい。君たちの犯行が事実だった場合、そこに至るまでのことを深く分析しつづけ、また苦悩しつづける限り、僕は有力な友人たちと協力して、末長くフォローアップする覚悟です。

ひとつ提案ですが、僕ら六人で〈人間学会〉なるものを発足し、毎週一回、人間の狂気研究や欲望についての考察などを試みたい」

指導方法はすべてお任せする、などと言っておきながら、あれするなこれするなと、入れ替わり立ち替わり制限してくる少年院幹部に、大きな嫌悪を感じつつ始めた授業。

案の定、君が僕によこした掌編が原因で、少年院の高圧的な次長らと衝突し、一年以上おつきあいできる約束だった君と、三回しか対話できずに終わりました。

しかし、僕としては合計百四十分余りの邂逅のうちに、君へ贈る言葉と君の蘇生を願う気持ちは送りきったのでした。

あれから二年半が経過した現在、改めて君に伝えたいことは二つ。

どこかの出版社から大金と心ある編集者を前借りして、静かな場所に落ちつき、勉強と肉体労働と愛をおこない、人間のあらゆる迷宮と、自己の過去についてのエクリチュールをつづけてください。

インターネットなどを攻防両用のツールとして駆使する君が目に見える。不日、ドストエフスキー級の作家になることが、自他への真の悪魔祓いになるのだと信じます。

もう一つは、すばらしい美貌の君の、唯一の惜しむべき点である歯を、大修理してほしいということ。独特の迫力は失われてしまうかもしれないけれど。

以上、君の健康と健筆を祈ってやみません。

ごきげんよう。

森忠明（詩人・童話作家）

そして本年6月半ば、「週刊ポスト」記者・小川善照君（『我思うゆえに我あり――死刑囚・山地悠紀夫の二度の殺人』で第15回小学館ノンフィクション賞受賞）から電話あり、「まだ読んでないんですが『回収しろ』とか『自己陶酔など読む気もせん』とか悪評だらけのようです」と言った。

「おれも未読だけど、14年前、関東医療少年院で面接授業した時点ですっかり魔物が抜けちゃってた人間だからね、歴史的名作を残せるマジカルパワーが残ってるとは思えないね。それにさ、医療という名の〝去勢手術〟で、あそこまで骨抜きにできるのか！　さすが〝国家プロジェクト〟、税金いっぱい使っただけのことはあるって、カンシンしちゃったわけ。カンは寒いほうの寒心だよ。

神戸のあの事件を、国家犯罪へのカウンター・クライム、反対犯罪の一種だと考えてたおれとしては、医療、メディカル・リフォームとか更生権力と称する〝新変態製造ライン〟に、少年Aは当時2回目の敗北を味わってたんだ。そんな可哀そうなハイティーンに『僕は作家になりたい』とか『この作品に感想ください』なんて赤面しながら迫られたら、『きみはもう魔物の抜け殻なんであって、タカがしれてます』なんて本音は吐けませんでした。ほめ過ぎ、励ましすぎたことに悔いはないけど――」

小川君とは旧知の間柄ゆえ、そんな軽口になってしまった。

それからすぐ、アマゾンから『絶歌――神戸連続児童殺傷事件』（太田出版）をとりよせ、読みおえて間もなく、フジテレビ『情報プレゼンター・とくダネ！』なる所から取材申し込みあり。六月二十三日午後一時から約二時間、自宅で『絶歌』について、〝文学上の師匠〟としての感想を述べた。大要は以下の通り。

○『絶歌』出版における最大のミスは、文学的指導者たる私の検閲を受けなかったこと。『ポケット・モンスター』劇場版脚本家・園田英樹は一番弟子だが、大家になった今でも私のダメ出しを受けにくる。直木賞作家・森絵都などは、私の厳しいチェックに涙目になりながらも二十歳の頃から耐えていた。

ひとことで言えば、出版は30年早すぎた。人間は最低六十年生きなければ、自他への真の苛察力と暴露技術を身（神）得できないからだ。いかなる才人でも、プロフェッショナル・ノベリストになるには、それくらいの歳月を経ねばならず、今回の処女？ 出版本は、良くてもア・マン・オブ・レターズにとどまっている。

○人物観察、ナメクジ解剖、Y夫妻描写など、評価できる局所もあるが、ザンゲ録としても、自己分析史としても、単なるライターズとしても、全体の構成がなっていない。太田出版担当編集者の不親切、あるいは非力を恨む。

俗に言えば、ゼニの取れない物を世に送り、我が弟子に大いなる恥をかかせたことを怒っている。〈心ある編集者〉ならば、安っぽいディファレンシャル・アドバンテージ欲動やpompous（気障ぐせ）などを止揚し洗練する術を、長時日に渡って教えるべきであった。

○私が望んでいたのはニーチェ級の魔界腑分報告書だったが、それはあと30年たっても無理なようだ。結局「自分に見えたもの」しか書いていないのだ。パンピーの喜ぶ本とは、「作者が見てきた珍しい物のことだけで、作者の考えなど必要としない」とはショーペンハウアーの至言。元少年Ａの分析モドキ本は卑俗現実主義者の日常を、いささか補強するだけだろう。残念でならない。
○作家たらんとしている以上、ドストエフスキー作『二重人格』レベルの魔神現出力を、いつか手にし、人類への置きみやげを実現する以外、二人を殺めたことの償いは無いはずである。三島由紀夫や村上春樹をバイブル視しているようでは心許無い。つまり、勉強が圧倒的に足りないのであり、「文学がわかっていない」だけのことなのだ。「万葉集」の作家群、紫式部や清少納言に取り付いた藤原一族がらみの憑き物を極めず、いっきょに三島へ、というのは信じられない。
○肉親、特に母親への大甘な対応は許し難い。ゼロ歳児のＡを虐待した事実への調査、父親の出身地と、その地への民俗学的な切り込みはどうなっているの？　本の構成としては、この未生以前へのアカデミックな考究が冒頭か、その近くになければならない。
○少年院での〝治療〟過程を、その次あたりに配すべきなのに、一切載せなかったのも、フェアではない。治療を受けるという〈優しいサディズム〉に屈辱をおぼえたのか、無防備で受身の自分をさらすことができなかったのは、彼のうちにいまだ捨てることのできない、なけなしのヒロイズムがあるからだろう。32歳のチョンチョコピイに、放下や解脱を期待した私がおろかだった。

師弟の、今後最善の課題は〈愚《ぐ》を養《やしな》う〉ことだろう。

〈くつろぎとは　あらゆるヒロイズムを　すすんで失うこと〉

　ロラン・バルトの定義は絶対的に正しい。

〈どのみち全てが過ぎるんだ　はかない歌をつくろうよ〉と記したリルケも真実であって、これらのものを、本統の「絶歌」というのである。

○永遠にくつろげない男ほど悲劇的なものはない。彼は幼少年時代にロール・モデルたる卓越した人物、一生もののヒイキ役者に、一人として出会えなかった存在だ。この世は気の毒の容れもの、とはいえ気の毒でならぬ。ドスト氏ほどの文豪になれないのであれば、終生「錯乱のエクササイズ」（市川浩）を重ねるほかはない。それは彼だけの悪業ではなく、世界嫌悪百[100]パーセントに達し得ず、〝死にっかす〟（我が祖母の口癖）として在るほかない、不純にして未練たっぷりの、私の姿でもある。

以上

2015年6月24日午後記。

（『公共空間X』http://pubspace-x.net/pubspace/）

# 詩妖を止揚できない季節

ことしは私の〈ポエティック・ライセンス〉取得四十周年で、自祝している。

一九六三年、立川市立第二中学校2年生のとき、二人の国語科教諭、高橋トシ先生と御子柴尚孝先生に、生まれて初めて詩才を認められたのである。

「あなたの詩は『徒然草』にでてくるボウジャクブジンの坊さんが破れかぶれで書いたみたいで面白いわ」

と、トシ先生はおっしゃった。美丈夫の尚孝先生からは何の評言も無かったが、私のクラス担任で、ひそかに現代詩というやつをこしらえていたドカちゃん（英語科・土方憲司先生）に、私をマークするよう言ってくれた。

後日、トシ先生に電話して、ボウジャクブジンの坊さんがでてくる第六十段をレクチャーしてもらい、その僧都は〈世を軽く思ひたる曲者〉だったことを知ったが、十四歳だった私には世を重く思いこそすれ、今のように軽くなどとても思えないのだった。

小学五、六年生を登校拒否、というより既成社会拒否、二年近くのブランクをそのままに中学へ進んだ私は、当然授業についてゆけず、まさしく〈透明な存在〉。積もる多愁多恨や、宿怨を晴らすがごとき短文を、屋上などにエスケープしてノートにきざみつけていた。それらは保存して手元にある。

おととし、天の配剤か、関東医療少年院で少年A（当時十八歳）と対面した午後、彼が神戸新聞社へ送ったという犯行声明文も、彼が級友にワープロ清書させたという「懲役13年」も、少年M（私）の呪誦や詩妖と同根のものだと考えずにはいられなかった。

私と酒鬼薔薇聖斗との違いは、〝作品〟を受容してくれる教師や〝愛あるライセンス〟を贈与してくれる大人と出会えたか出会えなかったか、だろう。彼の立体作品を美術科教諭はひたすら気味悪がり、忌避したのだそうである。彼の悲運というか、師運の無さ、業に打たれきったような存在に、心底同情するほかない。

「この自己分析にすぐれ、誠実である人間の言うことを、我々は信じなければならない」（作田啓一氏『酒鬼薔薇君の欲動』）ぐらいの洞察と慈悲があればなぁ、とつくづく思う。

高校へ進んでも私の詩的幸偶はつづき、そこには九州帝大出の浪漫派詩人石井道郎先生（倫社担当）がおられて、私が主宰の校内詩誌にいつもカンパしてくださった。

今、これを、高校近くを流れる秋川の岸辺で書いているが、かつて、〝東京のチベット〟と呼ばれたこの場所で作った詩を、寺山修司が選者をしていた「高三コース」（学研）の文芸欄に投稿したのである。

すると、特選また特選。〈森忠明くんの詩は強烈だ。（略）とてもハイティーンの人が書いたとは思えないほど技巧的で、しかもハイティーンならではのエネルギーにあふれている。森くん。いままでの作品をまとめて、一冊の詩集にでもしてみたらどうですか？〉なんていう過賞に狂喜したことも懐かしい。大学一年の夏、〈遊びにきませんか〉という葉書がきた。有頂天になって顔をだすと、

「チュウメイさん、詩をどんどん書きなさい。あたしが思潮社に売り込んであげるから。恐いくらいにスゴイ詩集を出そう」

渋谷アマンド前の演劇実験室天井桟敷事務所。藤原紀香以上に知的でセクシーな寺山夫人（九條今日子氏）が、マジでそうおっしゃった。デスクの椅子で何か嬉しそうに微笑していた寺山修司の姿が、三十五年たっても鮮明だ。

「いいんですよ。もっとうまくなってから自力で出しますから」

こっちもマジの思いだったのだから、ハイティーンの私の無欲ぶりというか馬鹿さ加減が可憐すぎる。

もっとうまくなると信じて五十過ぎまで詩作をつづけてきた。全然うまくならない。諦めて去年の二月、借金して上梓したのが『森忠明ハイティーン詩集』（寺山修司選・書肆楽々）である。

〈寺山修司の大恩人（と私は考えている）北川幸比古氏が、詩集の出版社を始められた、という噂を耳にした。北川氏は我が師寺山修司の最初期の本を出し、全然売れなかったために、たいへんな損害を蒙った。なのに断截も破棄もせず、長く保管されたような方だ。そういう人に出版してもらえれば幸せだが、師弟二代にわたって迷惑をかけることになるかもしれない

――〉

後記をしたためながら、オレも北川氏も長生きしててよかったな、としみじみし、書肆楽々のもう一人の同人である小西正保氏が、極寒の日、西早稲田の印刷屋さんで拙詩集のために細かい指示をだしておられたことも勿体ないことだった。

一昔前、「飛ぶ教室」（楡出版）誌上で、石井直人氏が〈わたしにとって、詩が、いわば「主語以前」の混沌の感触をとどめているかどうかが大切だ〉と書かれ、古田足日氏の〈すぐれた児童詩にあるものは詩情などというものではなく、それは神話的未分化の世界を示している〉という見解を紹介しておられたが、恣意、牽強を承知で図々しく言わせてもらえるなら、我が若書き詩集は〈混沌の感触〉も〈神話的未分化〉も含有している？　のだった。

『歎異鈔』に、〈わがはからひにて行ずるにあらざれば非行といふ〉という一行があるけれど、『森忠明ハイティーン詩集』は実際はオートマチック詩集とか非詩集とか名づけたいほどに、

わがはからひにて詩ったものではない。

少年という〈地獄の季節〉の、否応もない性欲動や破壊衝動の、アン・コントロールを想起すれば、更年期を過ぎた今なお怖気立つ。いみじくも少年Aは、その自己表出、価値概念の根源に〈魔物がいる〉と述べたというが中二時代の私だって霊鬼のソソノカシ、または神がかり的語漏症としかたとえようのない闇風《あんぷう》に吹きまくられていたのである。そこでは、かのE・M・シオランの箴言も単なる嫌がらせの毒舌にすぎない。

〈神秘的《ミステール》――他人の目を欺くために、自分の方がかれらより深みがあると思わせるために使うことば〉（及川馥氏訳）

寺山修司が選び、彼のルーブリックをいただいた十代の詩二十四篇のすべては、正直、一字の推敲もせず、〝東京のチベット〟高校門前にあったポストへ投げ込んだものだった。つまり、クリエーションといった高尚な感じではなく、Ejaculation!

〈たてつづけに群作を送ってくるがそのどれもがまさしく詩なのだ。「四月」には青春というもののむなしい実在感がある。男性的でしかも繊細である。「昼」という詩にみられる新しい文体のこころみ、「犬」にみられる時間への惜別。来月の作品もたのしみに待ちたい。寺山修司〉

かつて寺山と同様、天才少年歌人と称えられた春日井健氏が記者の質問に、

「若いということは茂った木、悩みも多く、つらすぎる。事件を起こした少年の心の底を推し量ると、自分の若いころと通じたものがあると思う。老いるとさっぱりした木になる。若い人は暗い。年を取ると明るくなる」（「東京新聞」'03・1／18夕刊）と答えておられ、さすがだ、と思う一方、年を取っても明るくなれずにいる自分を嘆いたのだった。

かねて、少年詩を、最も〈白いエクリチュール〉（ロラン・バルト）と〈無関心、メタ・イロニー〉（マルセル・デュシャン）の場と考え、幼少の頃から通俗と権威にふやけてゆかざるをえない人間を、さりげなくしかし確実に覚醒させる、最高度にラジカルな文学形態——と定義してきた私は、それが真に〈明るくなる〉ためのエクササイズだと信じてきた。しかし、自作によって実現未だしである以上、斯界の詩伯たちに期待するこころ切なのだ。

出版してまもなく、秋田市の若い女性から短い感想文が届いた。未知の人である。白い便箋には私より上等の「詩」があった。為に何だか恥ずかしかった。

〈数年来、世界を見回しても色がなし、このまま静かに終わるのではないかと、終わっても構わないと思っていましたが、ひさかたぶりによい本と出会うことができました。

当直のある仕事に就きました。九時半の巡回が終わったら宿直室の姿見に布をかけて、もっとゆっくり拝読いたします。斉藤麗子〉

（『日本児童文学』二〇〇三年八月・小峰書店）

# 非道い文章と下手な文章のちがい

奈良から執筆の機会を与えられた。東京の陋巷に棲息する私は、「奈良」という文字や語音に接するだけで、ある種の雅致をおぼえ、あこがれる。そして奈良といえば、十津川村御出身の詩人野長瀬正夫先生（1906―1984）の温顔が浮かんでくる。

先生晩年の十年間、私は分外の励ましをいただいた。金の星社の編集長をなさっていた先生は、拙作を刊行してくれた上にアフターケアともいえる過褒の手紙をしばしばくださった。御逝去後まもなく奥様に電話して、先生から賜わった助言や書簡の礼を申し上げると、奥様はかすかに笑い、「まめな人でしたから――」と仰有った。

『前略　あなたの今度のお作品、私はいそがしくて原稿のときは読めなかったが、ゲラになったのを拝見しました。すばらしい才能です。キラッと光るものがあります。文章もうまいです。但し、この世界、終点のない道ですから、あせらず、急がず、じっくり、いいものを書いて下さい。私が読んだ二十代作家の中では、あなたがトップだと思っています。御自愛ください。』（75・11・14消印）

一九七八年六月三日。奈良交通バスは私のほかに四、五人の客を乗せて西熊野街道を走っていた。私の目的は十津川村山村振興センターの広場にたてられた先生の詩碑を拝見することだった。窓外の山紫水明に心身を一洗される喜びと、せまい峠道でトラックとすれちがうスリルを味わいつつ、私は先生の詩集『少年は川をわたった』（ＰＨＰ研究所刊）の〝ふるさとへの道〟篇を読みつづけた。

## 集　落

野長瀬正夫

あ、長殿《ながとの》の家が見えてきた
あれが　ふるさとの最初の集落。
わたしがもっと若かったら
この街道を　てくてく歩いていって
縁端でお茶をもらって　弁当を食べたり、
世間話をしながら　休ませてもらうのだが――
わたしは年をとりすぎた
名もなく　地位もなく　富もなく
ただの年寄りになって　バスで帰ってきた。

五時間あまり揺られていただろうか。バスが終点に着いた時には不鍛練の体がミシミシいったが、吉乃屋旅館に鞄を置くやいなや私は詩碑を探しに出た。人影のない道を村の中心部らしき方向へあてずっぽうに歩いてゆくと、むこうから小学上級くらいの女性が自転車でやってきた。「あの、すみません」、片手を上げたら少女はちょっとくびをかしげてほほえみ、ブレーキをかけ、サドルからおりた。私はうさんくさげなサングラスをかけていたのに〈怪しい人を見たら一一〇番〉的そぶりが全然ない。「野長瀬先生の詩碑があるという振興センターはこの先ですか」「はい。野長瀬正夫先生の詩碑は――」直立不動でゆっくり丁寧に教えてくれたけれど、方向オンチの私には見つからなかった。なおもうろうろしていると、小学二、三年の男性が一人で沢蟹とりをしていたので同じようにたずねてみた。「えーと。野長瀬正夫先生の詩は――」おもむろに腰を上げ、沢水にぬれた小さい指でさし示してくれた。たまたま出会った少女と少年が、澄みしきる目で恭しく先生の名前をフルネームで口にしたことに、佳き作品と善きふるさとびとを持つ詩人の幸せを思う一方、そういうものを持たない私が、何かプスンとした、つまらん存在に思われ、旅愁にはほど遠い卑小感におそわれた。

『前略　平谷の消印あるおたより、ありがたく拝受しました。老生のことお気にかけて頂き、とてもありがたく、うれしく思っております。十津川へいらっしゃることがわかっていたら、少しは便宜を計ることができたのにと、(役場や弟に話して)残念。老生こと、金の星社を退社して、今は半仙人のくらしに入りました。あと二冊ばかり詩集を出して、はい、さようなら、ということにしたいと思っております。』（78・6・8消印）

吉乃屋旅館近くの小さな食堂で実に美味なるチキンライスを食べたあと、全長五十メートルはある吊り橋の真ん中にあぐらをかいた私は、絵葉書にあの少年と少女のことをしたため、こじんまりした郵便局まで歩き、東京の先生へ送ったのだった。

ここまで書いてきて、不図うしろめたいような気分になってしまった。（もう先生のお叱りがないことをさいわい、私信を公開したり作品を勝手に転載したりして、なんのことはない、いい気な寵愛自慢か）

一九八三年。私のもう一人の詩伯、寺山修司が消えた時、『現代詩手帖』に書いた追悼文も、昨秋亡くなられた童話作家大石真先生への追悼文も、不肖の弟子でしかなかった者の自己肯定が臭う、どこかいやしげな代物であることに気づく。元来私は「内省を信じない」（ヴァレリー）者だけれど、やや自罰気味にいえば、それらは自他をけがす〝汚文〟といったものかもしれない。各種テキストをひもとき、こういう文章だけは書いてはならん、などと平生注意しているつもりなのに。

こういう非道い書きざまだけはしたくないものだ、という一例をことのついでにしるしておこう。山田風太郎『人間臨終絵巻（下）』（徳間書店刊）、寺山修司の項、その後半部分。傍線は私が引いた。

〈――寺山は「天才」にちがいなかったが、活動があまり多方面に散乱していたために、死後すぐに、それらの影響はたちまち消えるだろう、せめて残るのは、彼が十九歳のときに作った「マッチ擦るつかのま海に霧深し身捨つるほどの祖国はありや」以下一連の『チェホフ祭』と題する短歌だけだろうと評された（ただしこれも、他人の俳句を短歌にアレンジした剽窃歌集であるが）。果して如何？〉

これは〝汚文〟の最上のサンプルである。私が寺山修司門下ゆえに、忠義だてや番犬根性でいうのではない。あくまでも文章作法上の反面教師的文範としてである。まず、天才の二字にカギかっこをつけて「ちがいなかった」という断定は、客観的言明者としても主観的表現者としても、かなりの低能ぶりと陰険ぶりを露出している。そも、山田の作風からおして公正やアカデミズムを期待してもしようがないし、『人間臨終絵巻』なる俗書は生者の馬鹿げた優越ばかりが目立つ怪文書もどきなのだから、言挙げするのもかえって師名をけがすことになり、論ずるに足らぬものであることも知ってはいるが、少くとも山田には自他を韜晦する技術の拙劣不勘なること、死者に対する芸と美と礼の無さなどを追認し、恥じてもらわねばならない。

天才にほどこしたカギかっこの意味を、その貧相皮相な文面からあえて判読すると、山田の、理解を越えた者に対する卑屈でいやみったらしい玩弄方法としかよめない。「ちがいなかった」といいきるなら、それ以前に、カギかっこ無しの天才についての山田流形而上学やら概念規定が表明されなければなるまい。解釈は読者の自由といった手は、その前提あってこそ打てるのだ。（なんだかルールを知らない輩に禁手だけを教えているみたいなムナシサ）。だが続けよう。「たちまち消えるだろう」「短歌だけだろう」だろう、だろうとつないできて、それが山田本人の見解なら許せもするが、「評された」とウッチャリをくわしたあげく、（ただしこれも、他人の――）と自ら恥を上塗り、さらに性懲りもなく「果して如何?」と書く非道さ。「これも」というならその前にこれ以外の作品名なりをあげておくべきなのにそれをしない非理さ。「評された」ことに山田はどう考えるのか、「散乱」や「剽窃」をどう定義しているのか、作家としてそれを記さずに何が「果して如何?」だ。笑止を通り越してなさけなくなるではありませんか。山田も創造者のはしくれなら、現実世界の様々なアペイロンを独自の言葉によって探求する辛苦と愉楽を知っているはずだし、そういう共業《ぐごう》の文筆家へおのずと誠意やら敬意やらがわいてくるはずなのだ。なのに死者が残したテクストへの洞察も思考実験も放棄して、伝聞と憶測じたてで客観性を装うやり方は哀れというほかない。

　土台、風太郎と称する人に名を惜しめというほうが非理非道だったのだ、と思う。嘆くこともないだろう。広い世の中には明達博雅の士、花も実もある人も多いのだから。

〈頃は大正十三年、ウィーンの寒夜、路上の男女の接吻を盗み見しつづけた斎藤茂吉という歌よみ、頃はたしか昭和五十四年、東京の夏の夜、アパートの窓に食らい付き、盗み見していてつかまった寺山修司という歌よみ、いずれの例も兼好の末につながるれっきとした色好みにちがいない〉杉本秀太郎『徒然草』（岩波書店刊）。盗み見。下世話にノゾキという罪？　で恩師がマスコミをにぎわした時、私はほうぼうでかれを冷笑し嘲罵する人々と会い、それらも批評のたぐいと認め、こざかしい弁駁をひかえていたところ、かねて仰望していた杉本氏の書に前掲の箇所をみて胸のつかえがおりた。さすがは京都の雅儒、眼識の格がちがうと感涙にむせびながら近著を拝読すると、〈どうしても舞妓の良さがわからない〉とあったのでますます嬉しくなってしまった。杉本氏といえば、その伊東静雄論も鮮やかだが、伊東静雄といえば、昭和十七年六月十四日付穎原退蔵宛書簡の一節が思いだされてならない。『しかしこのごろは、文章と文字は下手なほど男らしい、まごころあるもののやうな偏見を自ら喜んでゐる氣味がございます』

そうか、まごころか。古色の言葉。それは自明すぎるためか『現代文學のひねこびれた、利口ぶった、先取り意識の強い傾向』（伊東静雄）のためか、忘却されすぎているのだった。

三年前の初夏、私は神奈川県の少年院で講演する機会を得た。七十余名の少年たちは私の駄弁を静聴してくれたわけだが、院長氏をはじめ法務教官諸氏はしきりにくびをひねり、「十五分しか人の話をきいていられないかれらがなぜ九十分も」と不思議がるのだった。当方に例の古色の言葉があったから、などと口がさけてもいわないが、後日無署名で送られてきた『森忠明様の話を聞いて』なる四十九通の文章は、失礼ながら全て上手とはいえないものにもかかわらず、文章の本来的な「力《ちから》」を明示、あるいは潜勢していて、私の不遜な専業意識を改悛させるに十分だった。ここにまた我田引水、自己麗飾のそしりを覚悟の上で、無記名少年の原文を掲載させていただこう。

『先生の話には、ユーモアな部分と、真剣な人間の動きなどの気持ちの出し方など、自分も、人間は、なぜ生きるのか。死が来るのを、知っていながら、なぜ、生きるのか、疑問です。先生の素顔を、はっきり出せる人が、羨ましく思います。先生の言葉の選択の仕方も、表現も最高です。私は、頭が良くありませんが、先生は、頭の良くなる方法を、教えて下さい。自分の問題は、分からないものです。先生の、これからの幸福と、作家としての、出世を祈っています。童話作家という職業に、人生をかける生活は、素晴らしいと思います。本当に楽しい話を、有り難う御座います。先生の、私どもに話す熱心さ、集中力には、頭が、下がる思いと、尊敬で、一杯です。自分の10年先、20年先が、どのようかは、分かりませんが、一生懸命に頑張りたい。有り難うございました。』

（『学習研究』三三〇号・一九九一年四月・奈良女子大学文学部附属小学校）

## 大人《おとな》の慢心《まんしん》・子どもの白心《はくしん》

子どもは世界をひっくるめて断言できるほどの時空を閲していないし世界を知性化する必要も興味も大人ほどにはない。その子どもの謙抑さ、素身さを無制約者的なプラスと見、文学作法の基点と考えるとすると、権高に決定論をばらまく教師や、脳天気な金言主義で売りまくる作家などを一笑に付し、出直しを迫る境位でもあるはずで、私はそこに寄りつつ書いてきたつもりです。

「今、日本の児童文学にとって最も必要なことは、どうすればアメリカやヨーロッパの児童文学に追いつき、追い越すことができるのかについて熱っぽく語りあうことだと思う。（略）そんな熱気のかけらも感じられない新人たちはうんざりである」（鳥越信『日本児童文学』92年7月号）

こういう性急な断言をしたがる癖や、ユモールのかけらもない発表は、謙抑や慈愛や余裕といったものを忘れた「慢」の大人の特徴です。たとえ新人たちに拙い技術しかなかろうと、最終的には子どものしあわせのためとかの、高志ゆえからの創作なのだと解釈すれば、「うんざり」などと横柄なことはいえないし、「追いつき追い越す」などと五輪コーチみたような頓痴気を吐けるわけがない。そも、文の道はアトランタへの道とは違う魔道なのであり、「熱っぽく」やって「熱気」を上げれば何とかなるような道ではありません。大人が子どもに、あるいは評論家の三流どころがよくやる〝無知に訴える論証〟のごとき、いかにも自信に満ちたものいいを恥じるのが文の道で、それはまたG・バタイユのいう〝呪われた部分〟としてのポエジーに通ずるのであり、〝祝福された部分〟での優劣ならいざしらず、A国のポエジーがB国のポエジーを「追い越す」瞬間を俺様なら判定できるぞといいたげな自信に満ちた書きぶりには、首をかしげざるを得ません。

今春、私は小学六年生二名から電話取材を受け、その厳密を指向する態度に感心しましたが、プロの評論家を標榜して日本の児童文学や新人たちをひとからげにしたいのなら、その前に、かの小学六年生のごとく日本の童話作家にインタビュー（最低三百名）し、各代表作について最低三百枚くらいの考究が必要です。それもせずに外国との比較など、だれが信じましょうか。評論家にかぎらず、慢心気味の大人は、現代小学生の愛ある電話取材に学ぶべきです。子どもと作家を育てることは、愛あるものにのみ可能なのですから。

■感動の嵐!!　とつげきインタビュー

三月二日の給食前、森忠明さんにインタビューをしました。

どうなることかと思ったけれど、とてもやさしく話をしてくれました。（電話代・六百七十円）
Q　しゅみは何ですか。（松本、感動の一しゅん）
A　昼寝と宵寝。
Q　今の生活に満足していますか。（このとき、松永は小刻みにふるえていた。）
A　昼寝できるので満足。（仕事より、ねる方が大事なようだ。）
Q　なるほど。

（以下略）

（広島市立毘沙門台小学校六年三組『なかよしタイムズ』第30号より転載）

〝小刻みにふるえていた〟という松永君の、子どもならではの貴い白心を、生活上創作上の核心として、そこに様々の花や夢を結晶させ、本にもしたいと考えますが、大人の慢心に結晶するものといったら、肩書きの多さぐらいのものでしょう。

（『子どものしあわせ』一九九二年十一月・草土文化）

# タチカワ・ノースサイド・ギャング

マクシム・ゴーリキー風にいうと立川は私にとっての大学である。ホセ・フェリシアーノ風にいうと立川は私の心である。立川婦人会歌風にいうと立川は〝喜び悲しみ分ち合い強く正しく朗らかに子らを育てて年寄りも愛と情けに手をつなぐ〟街である。

「森さん、もっと遠くのいい所へロケハンに行きましょうよ。たまには立川を捨ててね」

立川ばかりを舞台にして童話や少年小説を書いている私を、編集者諸氏はそう言ってひやかす。が、E・M・シオランの「人はただひとつの国語を墨守すべきだ。そして機会あるごとにその国語の知識を深めるべきだ。作家ならば門番の内儀とおしゃべりするほうが外国語で学者先生と話しこむよりずっと有益である」という文章中、国語を地域あるいは多摩弁といいかえ、門番の内儀を立川住民と置きかえれば、私が此処に固着偏執することの至当な理由になる。

父方は伊達の下級藩士の裔、母方は武田の落武者の裔、両者が立川でぶつかって私が湧出。以来三十五年、立川で生きてきた。いや、生かされてきた。八百屋のおじさん、雑貨屋のおばさん、田中実医学博士、鳶の名物親方、競輪選手のおにいちゃん、ロンリーなオンリーさん、長唄のお師匠さん——そういった近所の方々の、有形無形の施しをうけながら、昭和三十年代を見事な悪童として遊びきらせてもらった私だ。

なめくぢら師恩に泣きしことのなし

というのは秋元不死男氏の一句だが、なめくぢらではない私は今、市恩に泣いている。

昨今、立川の〈文化〉向上を望む声を多く耳にするが、立川の魅力は非〈文化〉的なところにあるのだし、「絵ハガキにはなってやるもんか」という、ちょっと拗ねぎみのフラッパー風情がなんともいえないのであるから、教養あふるるお嬢様に憧れる必要はないだろう。街とは本来いかがわしく、うさんくさいところの謂であったはずだ。皮肉でもなんでもなく立川の良さはその即物性、拝金主義ムードにあるのであり、おとなりの文教スノビズムにはない、裏を見せ表を見せて散るもみじ的いさぎよさが立川の美質である。

昔、伊藤整氏は〝立川駅は汚なくて切符を買うだけの所〟などとのたまい、近年は詩人の石原吉郎氏が〝立川駅のホームの吹きさらしで、けっしてうまくない駅弁をたべ〟などと書いてくれたが、立派な駅舎となろうとも、駅弁の味がよくなろうとも、軍都あがりで元カスバの立川は、風光明媚愛好作家や可憐なカルチャー信奉者を蹴飛ばすような骨太の野卑とペペルモコ魂を、永遠の隠し味としてゆくべきだ。

某日、旅先のタクシーで、「お客さん、どこから」ときかれ、「立川」と答えると、バックミラーの運転手氏はにんまりし、立川花街での思い出を語りはじめた。野天風呂で知りあった老人には「立川って、犬と連れこみが多いとこだねえ」と妙に感心されたりする。ことほどさように、わが街は、艶っぽい土地としてのイメージがゆきわたっているようだし、かく言う私の家も浪曲師三門博の愛人宅であったとかで、〈欲望の街〉としての筋金が入っているらしく思われて、私はなんだか楽しくなる。

筋金入り、といえば、私の小学生時分の仲間たちも、タチカワ・ノースサイド・ギャングとして鳴らしていたものだ。

肺結核病棟をアジトにしたり、G1に銃器の操作を教わったり、ストリップ小屋の振付師になりたい、などと言いながら、〈悪環境〉を逆手にとって、一期の夢を戯ぶれまわっていた少年少女たち。そんなかれらも現在は善き市民、オーマイパパ、クレバーママとなり、この日まで一人として縄目にかかったものなどないのだから、当節の非行蛮行問題は地理的環境によるものとは思えない。

あの、経済成長しょっぱなの頃、タチカワ・ノースサイドの親たちは子どもにほとんど無干渉、完全放任。大人は大人の夢を見て、子どもは子どもの夢を見ていたのだが、きょうびは親の夢を子どもに見せたがる残酷喜劇の三幕目あたりだろうか。

不日、親の悲願を天晴れ成就した優等生が、公序良俗為政者となって、この街を日本のどこにでもあるような御清潔不人情都市にしてしまうことのないように、私は立川のよかりし時代、疾風怒濤の二、三十年代を描きとどめておきたい。それは多摩川で根川で、ふりちんで遊んだ元ギャングの、単なるノスタルジーに堕すかもしれないが、猥雑なポテンシャル・エナジーに満ちていたタチカワは、描くにたる時空であると思う。さいわい、童話作家の今江祥智氏が「立川物語、五百枚ぐらいで書きなさい。理論社から出版しましょう」と言ってくださったが、五百枚ぐらいではとても書きつくせはしないだろう。立川にかぎらず、ふるさと　というものは、あつかうに容易なシロモノではないのである。

（『グラフ立川No.5』一九八三年十二月・けやき出版）

# いつか見る街

昨秋、富士見町から錦町へ引っ越すとき、戸棚を整理していると、古いファンレターの束が出てきた。ちょっと懐かしくなって紐を解き、差出人の名前を見てゆくと、〈神戸市長田区東尻池町一丁目――木下和美〉というのがあった。鉛筆書きである。

たしかその区域は阪神大震災でいちばんひどい被害を受けて、死者も多かったはずだ。消印は87・6・11。

〈とつぜんお手紙を出してびっくりしましたか。私は、長田区の志里池小学校の五年生で木下和美というものです。先生が書かれた「きみはサヨナラ族か」を読ませてもらいました。親友の須波由貴子ちゃん（すーさん）に「これおもしろい。ぜったい読んでみ」と言われて読みました。とても、おもしろかったです。なぜ、そんな、おもしろい本が書けるのですか。これからも、読み始めたらとまらないような本を書いてほしい、というのが私のお願いです。そして、物語のぶ台になっている立川という街を、いつか歩いてみたいというのが強いのぞみです。新しい本のため急《ママ》がしいと思いますが、ひまの時、お手紙ください。さようなら。〉

〝ぶ台になっている立川〟を最初に歩いた読者は、鹿児島県大口市の大坪薫という高三の男子で、現在は三十七、八歳だろう。

私の母校、二小の校庭を眺めていた彼が、

「なんでこんなに土が赤いんですか、立川って」

あきれたような、憮然とした感じで言ったのが可笑《おか》しく思いだされる。

最新の見学者？　は長野市からやってきた二十五歳の樋口恵美さん。九十七年十月十日の夕方、その北信濃の麗人は南口のモノレール工事などを見つめ、

「ノスタルジーが漂う不思議な町ですね」

と、ひじょうに好意的な評言を残した。

アポなしで、突如現れる読者もいる。

ことしの五月には東村山の小学五年男子四名が押しかけてきた。国語の副読本だかに載っている拙作を、担任の先生が朗読する前、「この作者は立川市で未《ま》だ生きています」と言ったので、「近くだし、一度会っておこう」と衆議一決したのだという。

応接間でトランプ遊びをしている最中、杉原くんという子が自分のカードを見たまま、

「森さんの本て、どこの本屋にもないね」

と言うと、中村くんという子が少しあわてて私の顔色をうかがい、取り繕《つくろ》った。「でも、教

科書に載ってんだから大したもんなのっ」

するとあみのくんという子がクールな口調で発言。

「うちのお父さんが言ってたけど、作家も教科書に載るようになっちゃおしまいなんだってさ」

「大正解《だいせいかい》！」と叫び、大笑いする作家を、四少年は怪訝《けげん》そうに見つめた。

「僕の奥さんの妹の御亭主は、ＴＯＴＯ《トートー》っていう会社の重役をやってんだけど、その人はぼくと会うたびに『あなたの本はどこの書店にも無い』って言うのよ。そこの会社で造ってる便器みたいに人気があればいいんだけどね、ぼくの本も」

ウケルだろうと思っていたのに、四人はシンとなってしまった。

ケーキも食べ終え、トランプにも飽きたようなので、

「多摩川か農業試験場にでも行くかぁ」

と提案、全員の賛成を得た。

「ぼくはね、きみらくらいの頃から多摩川と農業試験場が立川でいちばん好きなんだ」

出かける用意をしながら大声で言うと、物静かな永井くんから「なんで」という質問。

「ぼくみたいな〝怪しい人を見たら一一〇番〟的人間がブラブラしててもさ、多摩川の水と農業試験場の人は何も言わずにほっといてくれるからね。今はどこへ行ってもアレスルナとかコレスルナとか注意されるじゃない」

〈ソフト・ファシズム〉――そんな言葉が浮かんだけれど口にはださなかった。

みんなで玄関を出かかって、私は一つの気がかりをこの際《さい》解決しておこうと考えた。

「ちょっと待ってて。これから行く農業試験場は、ぼくの子どもんときは農事試験場って呼んでたんだ。いつから農業になったのか電話して訊いてみる」

感じの良い男性がでて、

「ちょっと調べてきましょう」

サンダル？　をペタパタならして去る。待つこと約二分。

「昭和二十四年九月六日からです」


先に多摩川へ行った。

土手に並んで立った少年たちは、ちょっとしたパノラマに興奮。日野の風景や遥かなスカイラインを眩しげに眺め、アパッチの攻撃合図みたいな奇声とともに河原へ駆けおりた。

娘が生まれてから七年。おととしとことしの三月三日、多摩川の岸にきて雛流しをした。藁《わら》を丸く編んで作った舟の上に、紙製の雛人形が乗っている。広島の義兄が送ってくれたものだ。おととしは妻子といっしょに中央線鉄橋の下で流した。ことしも三人で行く約束だったが、「パパ行ってきて。わたし色々いそがしくて」とのこと。妻はとらばーゆの件でやはり多忙。

しかたなく車で土手まで走り、一人で流してきた。

二十年使っているトヨタのポンコツ車は、アンティーク性ゆえか、やたらに人がのぞいていく。運転席の私なんか全く無視、四つんばいになって下まわりまで見ていくやつもいる。彼らの、私と目を合わせないようにするやり方に、遠いけれど理想的な愛を覚え、中古車以下の価値になっている私を少時楽しんだ。

「絶望なき疎隔《そかく》――」などとつぶやきながら。

そういえば、あの藁舟の男雛と女雛は、ぴったり寄り添い、「疎隔って？」とか、くびをかしげているようだった。

お雛さま、海へ出られたかな、と思ったり、川辺ではしゃぎまわる東村山の少年たちを見ていたら、四十年前の夏休みの、実に、実に愉快だった一日が蘇ってきた。

昭和三十二年。多摩川の水量はもっと多く、もっと澄んでいた。

立川二小三年五組の悪童たち――有明、鈴木、森島、天沼、加藤、浅見、福島、星野、井上、それと私の十人は、スッポンポンになって多摩川に飛び込み、水かけっこや水中プロレス。

ヒト科のオスとして生を享け、地球の日本という国の美しい川で、仲の良い連中と、こうして遊びまくっている自分のシアワセ――。嬉しさのあまり泣きだしたいようなこの快感は、来年の夏休みにも味わえるのだ、と九歳三か月の私は考えた。

しかし、ふたたび、その夏の、その一日以上の快楽はやってこなかった。私の五十年近い人生で、最も幸福だった日だ。これから何年生きても、あれにまさる歓喜はないだろう。

高校生の頃、「この多摩川の原っぱには色んな種類のクモがいるらしいね。ある種のクモのオスはメスに餌を与えて、メスが食べてるうちに交尾をすませちゃうんだってさ」と言い、くすくす笑っていた有明は、二十四歳になる直前、琵琶湖で溺死。

「森、鮨勝《すしかつ》のスシでもおごるから馬力つけて名作を世におくれよ」たまに町なかで会うと気前よくごちそうしてくれた鈴木は三十半ばで病死。

中学時代、私に講道館柔道を教えてくれた森島は、やはり四十前に事故死。

映画の回想シーンのようにくっきりとしたものではなかったが、少年たちの姿の向こうに、四十年前の〝オレタチ〟が見えた。

神戸市長田区の木下和美さんは、無事なら今二十一歳のはずだ。彼女からの手紙に気づいてすぐ出した葉書は〈宛先不明〉で戻ってきた。一〇四番で探してもらうと「お届けがありません」十年前、〝ぶ台になっている立川という街を、いつか歩いてみたい〟と書いてよこした人の街を歩きに行こうと思う。

彼女に会えるだろうか。(すーさん)にも会ってみたい。

(『月刊えくてびあん』第162号・一九九八年一月)

# 少年観望日記

『天体観測ガイド』（下保茂著）によれば、測定器械などを使わず、「ちょっと星座を見よう」とか「小望遠鏡で月を見よう」とかいう観測方法を観望というのだそうだ。それは「ピンからキリまで」ある観測方法のキリらしい。

少年という名の煌星や、児童書という名の流星を手元に集めて、あれこれ品定めする人は、さしずめピンの観測者ということだろう。

アニュアル編集委員会から、現代に生きる子どもたちの諸問題を勘考せよ、というテーマを与えられたが、正面切った論究は、ピンの人が打ち上げるエクスプローラーにまかせよう。

無財で怠惰、出不精ゆえに、キリもキリの定点観望者である私は、窓やポストから入ってくる子どもの声と、狭い町内でゆきずる子どもの片言隻句に耳をかたむけるだけだ。

一九八二年一月一日。

「去年は私情の手紙をよんでもらって誠にありがとうございました」山形県長井市の小学六年男子から賀状がきた。

私ごとき作者にもけっこうファンレターがくる。返信用の切手をつけてP・Sに「ぜひ返事をください、これからどう行けばいいか、先生のご意見をききたいのです。両親によまれたくないので返事はふうとうでください」などというのが多い。それらはまさしく「私情」の手紙であり、親にも教師にも相談できない「苦悩」の手紙でもある。

拙著に感じてくれたのはありがたいし、きめこまかく返事したいのはやまやまだが、狂言綺語をなりわいとする者のカウンセリングなどは猪口才《ちょこざい》というものだろう。ゆえに切手のただどりが続く。

私の友人Eは、アフリカのマラウイ国の中学へ数学を教えに行ったことがある。二年の任期が切れる前日、その日までほとんど口をきかなかった褐色の少年が、Eの前にやってきて「日本は如何なる所か」と英語で尋ねたという。Eは「きてみりゃわかるよ」とだけ言った。それをきいて私は「なんというぞんざいな。クラーク先生とまではいかずとも、もっと劇的な別言があるはずだ」とEをなじった。しかし、「きてみりゃわかるよ」というのは至言なのだった。

「人生は如何なる所か」と、切迫した文面で、性急に処方を求めてくる少年たちに、菲才の私は「生きてみりゃわかるよ」としか言えないのだ。「汝が性の拙き」と我が性の拙きを、拙著を介して泣くしかない。

一月三十日。

デパートの本屋さんで立ち読みしていると、小学二年ぐらいの少年が歩み寄り、にこりともせずに、「社会をしています。どこからきましたか」と言った。私は反射的に、「社会をしてません。寝床からきました」と返事しかけたが、少年をよくみると、アンケート用紙のようなものを持っている。社会科授業の一環として何かの統計をとっているのだ、と判明。

「社会をしていない」といえば……五、六年前、全国教育系学生ゼミナールなるものによばれた時、七十人ほどの教師予備軍が、「森さんの本の主人公には社会性がなさすぎる」と口をそろえた。私は「そうかもしれませんね。俺って『大勢でいるよりも一人でいるほうが元気になれる子』（中川一政）しか書かないからなあ」などと答えながら学生諸君の手元をみてたまげた。拙著に赤いサイドライン（たぶん批判的いみあいの）を血の雨のように降らせているではないか。その無粋に私は軽い目まいを感じつつも、ひたすら哀願したのだった。「ああ、みなさん、物語はエジュケーションの姉でも妹でもありませんし、古本屋に売りはらう際、値をたたかれますから、赤線ひくのはやめてください」

二月三日。

広州外国語学院へ日本語を教えに行かれていた平島成夫先生は、教材集めのため、一時帰国されていたが、夕刻電話をくださる。

「子どもっぽい声の男から支離滅裂な脅迫電話がかかってくるんだ。もう三十回ぐらい。『今夜八時にハナシをつけにいくぞ』ってんだよ」

すわ、恩師の一大事、とばかり私は木刀二本背負って御宅へかけつけた。八時前、巡査一名私服二名がやってきて、「この近所には受験ノイローゼらしいのが二、三人いて、高台のこの家を見張っているらしい。終夜パトロールします」と言って帰る。「鵺《ぬえ》のしわざ」とでも言ってもらいたかった木刀の頼政は、急に戦意を喪失した。それでも用心と、上海では二千円というオールドパーをいただきながら寝ずの番。その夜は敵からの電話はなかったが、四日の昼から再び被害妄想的電話に悩まされた。なのに先生は怒声を一言も発することなく、「あなたは何者なの——どうも要領を得ないなあ」といったふう、悠揚迫らず若き狂人とつきあわれた。そして先生は、「杜甫なんかも受験ノイローゼにおちいって荒れたことがあるんだろうねえ」と、謫仙《たくせん》のような微苦笑をのこして中国へもどられた。

四月二十日。

新宿駅ビルの子どもの本専門店で、雑誌のバックナンバーを立ち読みしていたら、私が敬愛する作家の本が、三人の評者によって店卸しされていた。

——ま、子どもは読まんでしょうね（笑）。

——簡単に言えばそうね。

私はこの部分まで読んで逆上した。

（笑）とはなんだ。無礼である。

作品を世に問うたら何を言われようと仕方のないものだが、この三人の談合には優雅さも物の哀もない。モームは、「いい文章というものは、育ちのいい人の座談に似ているべきだ」と言ったが、自分の小才を全く棚上げにして、口さがなくいびる三人の育ちや文章など、おしてしるべし。三人のうちの長老格は、短篇コンクールの審査員をした時も、応募原稿を前にして「ろくなものはなさそうだ」などと下種《げす》な物言いをしている。

語るにおちて、私も口さがなくなったが、相手のでようで鬼にも蛇にもなってみせよう仏にも、という次第。口さがなくなりついでに、友人の山木洋一郎が少年時代に書いた詩を三人の評者にささげる。

プロレスはショーかスポーツかと議論をとなえ
受け身がオーバーだとののしってる野郎どもよ
きさまらは　この世界をリングにしたら

オレたちは野次られませんと
確信をもっていえるのかい

五月四日。

高一の従妹を車で家に送ってやる。途中、後部席に置いてあった本『聞書き橘家圓蔵』（山口正二著）をみて彼女が言うに、「この人、あたしにだけ落語してくれた人でしょ?」そうなのだ。四、五年前の正月、この従妹をつれて上野鈴本へ行った時、七代目橘家圓蔵は、最前列に座っていた従妹だけを見つめて、のんだくれの噺をやった。その声はいたって小さかったので、後列の人は「きこえねえ」のなんのとぼやいていた。だが、圓蔵は、それを無視するように身をかがめて従妹のことだけを見すえて演じ続けた。それこそ彼の弟子林家三平のくすぐり、「ここだけ重点的に」を地でゆくような一席だった。

あの時の圓蔵の考えは、どういうことだったのかわからないが、従妹の解説によると、「あたし勉強も顔もだめだけど、ゲイジツカにえこひいきしてもらえるような何かがあるんだと思う。中学の時なんか、美術の先生がクラスのみんなの前で、『小宅（従妹の姓）の絵とくらべたら、ほかの者の絵なんてクズだ、クズ』なんて言ったの。その時はありがた迷惑だったけど、何のとりえもないあたしとしては、その度《ど》はずれたえこひいきだけが支えだったみたい。死にたくなったことは五回ぐらいあるけど、あたしがこんにちあるのはゲイジツカのえこひいきのおかげ」ということだ。

私は時たま読書会などによばれて、小中学校の先生とお話することもあるが、そういう時は必ずお尋ねする。「あなたには、ひそかに、あるいはおおっぴらにえこひいきしている生徒がおりますか」と。「いいえ、そんな……」と答える人に私は off で言う。(ゲイジツカになってくださいよ)。

七月十六日。

七日に逝去された坪田譲治先生の、びわの実学校葬が青山葬儀所で行われた。私も末席をけがしにでかけた。雨もよいなので傘を携行。控室の座席に傘を置いて斎場へ入り、献花をすませてくると傘がなくなっていた。あちこちさがしたが見つからない。「この沈愁のさなかに他人の物をよくも失敬できるもんだ」と中腹で、雨にぬれながら帰宅すると、中三の従弟が遊びにきていた。盗難のいきさつをしゃべると、彼は私をあわれげに見つめて、「傘を盗まれたと思うなんて童話作家らしい考えじゃないですね。坪田譲治が天国か地獄に、たぶん天国だと思うけど、そこにいくのに借りてった、と思えば」と言った。私はなるほどなあと思って、こづかいとして千円やった。「これで俺の本を買え」と。

八月三日。

五日市憲法草案に関する史料を見に五日市町郷土館へ出かける。嘱託とはいえ実質的館長の石井道郎先生が出迎えてくれた。

大日本帝国憲法全七十六条が発布される九年も前の明治十三年。地元の青年たち三十数名（最年少十二歳）が、仙台出身の民権家千葉卓三郎を中心にして学芸講談会なるものをつくり、二百四か条におよぶ高度の私擬憲法を起草したことは、色川大吉氏らが近年江湖にしらしめた。

二階展示室には当時の政治学習の息吹を感じさせる遺草や参考書がならべられているが、そこに常備されている感想ノートをめくってみて恐れ入った。

〝トモコ、俺らの愛をわかってくれ！　2中2B男子一同〟〝ブヒー！　ジュンゾーにレターだしちゃった〟〝白井センコー死ネ〟〝いつきても同じじゃ、もようがえでもしろ〟などなど、稚拙な字と醜怪なイラストのオンパレードで、まともなインプレッションは見あたらない。なかには落書のパターンを破らんとする、ちょっと乙な表現もないではないが、あまりにも嘆かわしいので、

「明治十三年から高々百年のうちに、日本青少年の知的レベルは何故こうなったのでしょう。有毒添加物やなにやらで、禍々《まがまが》しい脳内物質なんぞができちゃったからでしょうか」

私が利いたふうを言うと、石井先生は「明治十三年だって、こんな子ばかりだったんですよ。

色川さんは当時のこの辺の者の文化度をかいかぶってるのね。実際はダンビラふりまわしてのやくざ選挙なのよ。五日市憲法は、他郷の俊才千葉卓三郎ひとりの手柄じゃないかな」とつぶやくように言われて、無惨な感想ノートに見入っておられた。

九月九日。

博多で書道教授をしている友人から手紙。「弟子の小中学生二百人に『私の好きな言葉』を書かせて展覧会をやる。ついては貴兄もなにか出品してくれ」とのこと。

半紙一枚にリルケの詩の一片を書いて送った。

どのみちすべてが過ぎるんだ
はかない歌を作らうよ（堀口大學訳）

数日後、書法家から電話あり、「あんたの書、子どもの親たちに評判わるかー」と言う。「詩がか、書がか」と問う。「詩がグルーミーすぎる」と言うので私は言った。「二百人の中に一組ぐらいはいます、リルケの真実にうちふるえる親子がね」

向かいの八百屋さんの息子は小学四年の暴君だが、私の部屋に掲げてある石原吉郎の文章がお気に入りで、「こういう気持ちに、ぼくもよくなるよ」と言って、しばし神妙な面もちになる。

……立川駅のホームの吹きさらしで、けっしてうまくない駅弁をたべ、水をのみ、また電車にのる。なんでこんなにつまらないのか、自分でもわからない。去年もせっかく北鎌倉まで行きながら、電車をおりたとたんあてどがなくなってしまい、駅をひとまわりしただけで帰って来たことがある。

（『日記』一九七二年三月二十九日）

十月三十一日。

快晴。キンちゃんこと羽田欽一君が四年三組の同級生三名をつれて遊びにくる。「変なのが一人くっついてきちゃった」とキンちゃんが言う。それは木村くんという太りぎみの美少年のこと。やたらに涙ぐむのだという。デカケツというあだなを呼ばれれば涙ぐみ、ネズミが轢かれていれば涙ぐみ、ウナギの骨がのどにひっかかれば涙ぐむので、仲間うちでは奇人あつかいされているらしい。

四人を車に乗せて秋川渓谷へ行くと、キンちゃんら三人はさっそくズボンをまくって川の中を歩きはじめた。木村くんは岸にたたずんで、むすっとしていたが、林の中へ入ってゆき、ザクロの実をとってきた。「木村、なんだ、それ。くうのか」とキンちゃん。「おばあちゃんが好きだった物だから持って帰る」と木村くん。秋川食堂で山菜そばをすすりながらキンちゃんが小声で言った。「木村はね、くだらない学校ものなんか図書館で読んでよ、涙っぽくなってんの」

私は木村くんが好きになった。何を見てもティアフル・アイになるなんて、宮澤賢治のような人だな、と思ったし、「ごちそうさま」と言ったのも彼だけだったし。

十一月九日。

「こんなおもしろい本があったのに、3年間もきづかなかったとは……歩く国語辞典が聞いてあきれますわ！」

長崎県佐世保市の小学六年女子から手紙。この歩く国語辞典さんは、将来作家になりたいのだが、父親に「不健康になりやすいからだめ」と言われ、中学へ進んだらブラスバンド部に入りたいのだが、母親に「あんなチンドン屋みたいなことやめて」と言われたのだそうだ。「わたしの母は、かなりの大学（芸大声楽科です）をでていますから、わたしにも希待《ママ》が大きいのです。でも、母の同級の人は、フィアンセの男性が、胃がんだ、としらされたら、さっさと捨ててしまったのです。信じられますか。たとえいい大学をでても、そういう人はずいぶんいると思います。わたしはそういうバカな女性の小説なんか、書いてみたいのです……」

私は葉書に、「拙作を読んでくださってありがとうございます。作家になってください。チンドン屋になってください。バカ女小説を楽しみにいつまでも待っています」と書いてだした。

十二月五日。

講演会拝聴のため京都へゆく。光村図書さんが路用その他を工面してくれた。閉会後は講演された先生がたのサイン会。主催者が拙著も売ってくれた。御厚情に万謝。

求められるまま、なれぬ手つきで署名していると、拙著を二冊買ってくれた中年婦人が、「あたしって童話が好きなのねえ、幼稚なのかしら、おほほほほ」とのたもうた。ここ十年の間に、このてのセリフを多く耳にした。たいてい中年の女性が発する。最近届いた手紙にも「子どもの本が大好きな私。幼稚なのかな、と精神年齢を自分乍ら疑ぐり……」(埼玉県大宮市三十六歳主婦)とあった。

「幼稚」ということの概念規定を詳しくうかがったことはないのだが、このセリフをきくたびに、フラッシュたいたあとでフィルムの入れ忘れに気づいたような心にさせられるし、お客様でも神様には見えなくなる。いささか拍子抜けするそのことばを、好意的に解釈すれば――「およそ美的な心情をもった人で、同時に現実的な創造者であり、真摯な生活者である人においては、その呼吸している風土は真に幼児的なものと親和性を持ち、また大地の太母性の基盤とも共通につながっている」(『仮象の世界』霜山徳爾著)からこそ、「幼稚かしら」と思いながらも子どもの本を愛する――ということでしょうね。

先年、老演劇評論家の某氏が劇評の中で、「児童劇ていどの表現力しかない」などと粗忽なことを書いてがっかりさせてくれたが、せめて岩田宏ぐらいのことは言ってほしい。「あらゆる児童劇は詩劇である。児童劇の一つも書けない詩人なんて怪しげな存在だ」（『同志たち、ごはんですよ』）

また昨今の新聞や、高級を僭称する週刊誌などの記事中に「小学生にも劣る」だの、「そんなものを相手にするのは子どもぐらいのものだろう」とかいう、ふつつかで浅はかな表現が散見される。

学究的文筆渡世の人間が、いかに分野がちがうとはいえ、「童話」や「子ども」や「少女趣味」といった語群を、薄手のイメージで限定的にしか使用しないとなれば、おほほほほの婦人だけを怨めしがってはいられない。

十二月二十五日。

拙著『花をくわえてどこへゆく』第三刷印税をにぎって宝来堂という骨董屋へゆく。以前から目をつけていたガンダーラ少年首像を購う。残金なし。年が越せるかどうか心もとない。十一月十八日付の毎日新聞に「贋作天国ニッポン——ペルシャ秘宝展に続き今度はガンダーラ仏像」などとでていたせいか、宝来堂主人は「この少年首像、たしかなものです」と、ニセモノではないことを強調する。私は「ニセモノでもいいの。これとは御縁を感じるから」と、度量のあるところをみせる。私の著作だとてニセモノかもしれないのに、たいした宣伝もしないのに、日本のどこかで買ってくれる人がいるのは、何かの御縁ゆえだろう。
午後、『多摩子ども詩集』をながめていたら、こんな詩と出会った。

　おねがい　　青梅九小一年　ふじのとしひろ

きゅうしょくのおじさん
もっとぎゅうにゅうをおおくして。
ぼくは一ぽんじゃあたりないの。
もし、おおくしてくれたら、
ふたで　くびかざりをつくってあげる。

いつか私も、ふたのくびかざりがもらえるような作品をものしたい。
少年首像に合掌。

（『児童文学アニュアル１９８３』偕成社）

## 癒《いや》しの自画像《じがぞう》

この原稿を書こうとしていると、小学校時代の恩師であるK先生から暑中見舞の返事が届きました。

「暑い日が続きます。夏になると一番季節を感じます。自分が生きていること、地球が生きていることを感じます。多分、あのいまわしくもあり、いとしくもある生徒から一時でも解放されるためかも知れません。娘が嫁に行く歳となりました。」

いまわしくもいとしい、という箇所で私は苦笑しました。きっとK先生は二十五年前の夏も、不出来な私のことを、そんなふうに思っておられたのでしょう。

四半世紀といえば、たいていの傷心を宥めることができる時間かもしれませんが、ひどい劣格性にさいなまれていた私の場合、自分へのいまわしさばかりが思い出されて、当時をいとしさ一つで括ることができずにいます。

古往今来、漠たる非器感を引きずっている私には、不様な少年の日を過去のものとして微笑とともにふりかえる、といった余裕はありません。

成人した従兄弟たちの醜状をみて、「子どもの頃はみんな美しく立派だったのに」と唾棄したのは確かヘンリー・ミラーであり、大人などは子ども時代の「下等な戯画的形態にすぎない」と断じたのはハリー・スタック・サリヴァンでした。

西欧の賢人による少年賛歌に水をさすつもりはありませんが、『その日が来る』の主人公そのまま、つたない日々を過ごしていた私のような者からみれば、いわゆる前青春期が美しく立派で上等なものだったとは言いきれません。

自分と世界の非合理にとまどい、多くの欲求不満と屈辱をかかえながら、いかに処すべきか試行迷走することは、老少共通の作業であり、美と醜に、上等と下等に分別できるものではないでしょう。

それでもなお少年時代の賛歌をうたうとすれば、失意と無力感におそわれながらも悲哀をまやかすことなく明日を信じ、人の世に花夢《かむ》あることを予見する気概の季節ゆえに、ということでしょうか。

私が創作しようとする時、つねに少年の日を選んでしまうのは、希望する能力の絶大なる者を心底うらやむからであり、その能力を水準として今の私の熱量や鮮度といったもののチェックを行い得ると考えるからです。

とはいえ、あらわな有効性を期してこの物語を書いたわけではありません。『その日が来る』は私の自画像にすぎず、作者と読者に果たしてどんな効用があるのかわからない、というのが正直なところです。

しいて有効性を問われたら、「自ら傷ついている者だけが人を癒すことができる」という古代ギリシャの銘がふさわしいように思います。

小心で恥多い主人公と同じような少年が、拙作と出会うことで、いささかでも心いやされるとしたら、作者として望外の喜びです。

しかし、主人公の弱性性格や、作者の劣等倒錯がかった文体をあわれみ、こうはなりたくないもんだと嘲笑する、という対応も、少年の日のヴァイタリティを証明する一つのあらわれとして、歓迎しなければならないでしょう。

書き足りなかった点、というわけではありませんが、主人公の前から忽然と消えうせたサイクリング車は、もしかすると盗まれたのではなく、何か想像もつかない事情で遠ざかったのではなかろうか、そして主人公の父がいやに穏やかなのはなぜなのか、といった〝余計な推測あそび〟も許されるのではないでしょうか。

可視以外のものに有らぬ思いをいたすというのも、少年時代ならではの楽しみ方だと思うからです。


（『国語学習指導書　5上銀河』一九八六年二月・光村図書出版株式会社）

# 90年代・子どもと本（アンケート）

(1)九十年代に起きた、子ども（青少年をふくむ）に関わる出来事の中で、もっとも関心を持たれたのはなんですか？　また、その理由をお聞かせください。（国内外を問いません）
(2)九十年代に出版された児童文学作品のなかで、もっとも注目された作品はなんですか？　また、その理由をお聞かせください。（国内外を問いません。複数の作品を取り上げても結構です）
(3)最近の子どもの状況について、考えておられることを、ご自由にお書きください。

回答

(1)への回答

一九九〇年六月七日、かわいい娘が生まれたこと。顔およびスタイルの良さは妻に似て、性格の良さは私に似て、そういった天の配剤というものに最も関心を持った。怪力乱神を語りたくなってしまったのである。

(2)への回答

川島誠の全作品。

スポーツとかセックスは、どんなに下手でも自分で楽しむものであり、描いて読むものではないと考えていた私には青天のヘキレキであった。彼の敢行精神に敬意を表する。これもまた反逆天使の、しゃれた気配りかもしれない。

ただ、川島が田舎のデパート「ニチイ」を小馬鹿にしているらしいのは気に入らない。彼の作品に唯一欠けている大切な要素は〝ニチイの哀愁〟的な美感である。

(3)への回答

五、六十歳代の評論家たち、特に神宮輝夫のように、海外文学にはくわしいかわり、大和民族の生命本然や精神的不具者の価値を知らない〝オーソリティ〟がスイセンする本ばかり読まされている子どもがいるとしたら不幸である。

阿部昭の言葉をかりれば「勉強しすぎて頭をヤラレテル」おとなとつきあう子どもは悲愴である。

本当に頭の良い、文学と人間をわかっている三十歳代、四十歳代の評論家がふえているので、さほど憂えてはいないが。

(『季節風44』一九九五年十月・全国児童文学同人誌連絡会)

# ヘロンは礼をなし給ふ？

講談社の児童文学新人賞贈呈式で、選考委員の高橋源一郎氏がとなりの席の私に「予選委員が嫉妬して落としちゃったのもあるでしょうねー」とささやいた時、私は広島そごうデパート前にある鈴木三重吉の肖像レリーフを想起し、ほとんど同時に三重吉が宮沢賢治の作品を認めなかったというエピソードを想起した。そしてそれはきっと賢治の作品に三重吉が嫉妬したからにちがいないという私の古くからの思いこみを思いださせた。

私は年に一、二回三重吉の生地広島へ行くが、必ずレリーフに一礼することにしている。賢治を嫉妬するだけの能力が当時あったことに対する敬意からだ。

むかし『演劇と教育』誌にたのまれて、賢治の「蛙のゴム靴」を脚色したのだが、そこに登場するかえるたちが人間を〈ヘロン〉と呼んでいるのを知り、ライ麦畑のホールデン少年のように「これには参ったね」。

A. D. 62、月食について記したり、サイフォンを発明したりしたHeron の名によったのか、人間どもの度し難い heroworship によったのか定かならねど、ヘロンというひびきには賢治の人間自他への苦膚《にがはだ》意識が良質のいたずら気分とともにあり、その命名の妙と才に唸った。

主役のカンがえる君は、ヒトをヘロンなどと人聞きの悪い、かなり無礼な感じで呼び、ヒトもすなる花見を超越せんとするのか、雲見などと洒落こんでヒトを食った風ではあるが、ヒト用のゴムぐつをはきたがっていることからもわかるように、心底からヒトを馬鹿にしているわけではない。カンがえる君はかえると同じくいじらしい生き物であるところのヒトに、遠まわしな皮肉を言ったりするような心のやせたヤセがえるではない。なぜならかれは、礼の人宮沢賢治の分身であるからだ。

〈われ汝等を尊敬す　敢て軽賤なさざるは
汝等作仏せん故と　菩薩は礼をなし給ふ〉

（「不軽菩薩」部分）

是《か》く無量の大悲を詩い、それをめざした賢治は、田んぼのかえるにも礼をなし給ふたはずであり、一九九三年、『飛ぶ教室』誌上で「宮沢賢治って、メディア・ミックスを活字で試みた情感のおっさんだっただけじゃなかろうか」とか言う軽忽な発表者舟崎克彦をも宥恕《ゆうじょ》して静かに礼をなすだろう。

〈この無智の比丘いづちより　来りてわれを軽しむや〉

（「不軽菩薩」先駆形部分）

「ほかの業界の人たちと親睦を深めているからよくわかるんだけど、童話の世界は〈誰も知らない小さな国〉」

（舟崎克彦『現代児童文学作家対談5』）

無智なヒトがほかのギョーカイでシンボクとやらを深めてナンボノモンジャイ、と私なら憫笑するほかないのだが、賢治ならば微笑しつつ、

「イーハトーブも小さな国でしょうか」

などとつぶやき、再度おろがむことだろう。

ファンだった女性が結婚したら「ペロペロなめましておめでとう」などと低劣きわまりない祝辞（呪辞？）しか書けなかったファンタジー作家。自分の生原稿をなんの連絡もなしに私んちのポストにねじこんでった流行作家。「一介の編集者がなにぬかす！」とどなったクリスチャン作家。四十年も同人どうしだったのに死んだ同人の妻の名前を知らなかった作家たち。「あの本、あとから送ります」と約束したのに送ってくれない教授作家。賞をとった、課題図書になった、それだけでもうふりむいてくれない新人作家たち。

御同業の、これらの礼のなさに私はいくたび幻滅し、やめちゃいたいと思ったことか。でも、この道の大先達に宮沢賢治という礼の人がいるかぎり、私は絶望せずに行くだろう。

三流の評論家だか単なるディレッタントだか知らないが、「正確そうな学問面《づら》」（富士正晴）した手合にかぎって「賢治を聖人視してはならぬ」などと、聖人の規定もせずにケチくさい釘

を刺していたりするのも幻滅の一因だ。

恩威ならび行う権力でも持っているかのような査問的批評態度では、決して賢治に近づけない。

一九八一年、ＮＨＫ教育テレビにおける『評伝宮沢賢治』。そこへ賢治に肥料設計してもらったことがある一農民があらわれ、賢治を、

「まず神さまのようなもんだったなす」

としみじみ語った。その時私は、賢治の礼が作家や学者といわれるヒトビトにではなく、ほんものの農民のなかに受け継がれていることを見たのだった。


（『徹底比較賢治vs南吉』一九九四年六月・文渓堂）

# 裏の団十郎たち

東京都府中市には四谷《よつや》という名の地域がある。ものの本によれば昔は四家と書き、甲斐武田氏の四人の落武者が住みついて、それぞれ農事にいそしみ、今日に至っているのだとか。その辺は市川という姓だらけだが、どうやら山梨の市川大門町を古里とするがゆえらしい。

市川一族のひとりである私の母は、「あたしの従兄弟《いとこ》たちに役者顔が多いのは団十郎と同じ血を引いているからだ」と自慢気によく言い、それからチラッと息子の私を見て、「おまえはお父さんのほうが混ざっちゃったからね」と残念そうにつぶやく。私も残念である。

幼年時代の最高の喜びは、四谷の母の実家へ泊まりにゆくことだった。そこにはランドルフ・スコットばりの二枚目の祖父がいて、ロバート・ライアンとかレックス・ハリスンに似た母の従兄弟たちが入れ代わり立ち代わり私を可愛がってくれるのだった。

腕のいい大工だと自称していたAはジョージ・ラフトみたいで、「これがミキちゃん（母の名）のこぶかあ」などと酒くさい息を幼い私に吐きかけ、オートバイの後部座席に乗せると多摩川の土手を爆走。そのときの恐怖と快楽の極みは「無垢な一《いち》としての自己を肉体的に信じられていたあの一時期の記憶」（松浦寿輝）の中に刻印されているし、砂利トラックの運転手だったBが貸してくれたマッカーサー風サングラスごしに見た色つき別世界の新鮮さもよく覚えている。当代の団十郎にそっくり、タッパの少し足りないところも似ていたCは、いわゆる逸民だったようで、私の昆虫採集や川遊びに日暮れまでつきあってくれた。いつもニコニコ優しそうなCなのに、畦道を横切ろうとした長尺の蛇を平然と手づかみ、急に冷酷な目つきになって私を悪《わる》かまいすることもあった。

母の叔父のDは、「市川の男どもはみんなクレイジーだ」と断定して悦に入っていたが、御当人がその代表格のようだった。いくら荒事師の末流とはいえ、「憎い奴らを穴に落とす罠の仕掛けかた」を実地で伝授してくれたDの褌《ふんどし》姿と狂気じみたギョロ目も忘れがたい。

後年、私が文弱の道へ進んだのも彼らへの反動だろう。しかし、やはり血は争えず、私は何かにつけて事を荒だてたがる、善くない、不穏な性情の持ち主となっている。今はただ、私の一人娘が、妻方の知的で上品な人々に似てほしいと祈るのみである。

（『ちいさいなかま』一九九六年八月号・草土文化）

# イソップから上林暁まで

十年ほど前だったか、立川の蕎麦屋で大石真先生にごちそうになっていた私が「保育園の頃からソバガキが好きでして」と言うと、先生は半ばあきれ顔で「味覚のほうも早熟だったんだなぁ、森さんは」とおっしゃった。

早熟などという高尚なものではなく、おばあちゃん子でがっつきだった幼児がおばあちゃんの好物をおすそわけしてもらっているうちに、ああいう淡味も腹の足しの一つとしてのみ込んでいたにすぎない。

現在一歳四か月になる娘が、妻のブラックコーヒーに手をだしてほしがるので、一度懲りれば断念すると思い一匙飲ませた。するとニッコリ笑って〝もっと飲む〟。この事態を、子どもの味覚なんて滅茶苦茶で餓鬼的無差別だな、と考えるか、早熟ゆえとするか――やはり前者なのである。後者は親の欲目というもの。

舌のほうは無定見で好き嫌いがなかった私も、本に対する嗜好はずいぶんとリニアで限定されていたようだ。いわゆるファンタジー物には不感無覚の子どもだった。

小四のときだろう、『ノンちゃん雲に乗る』を担任が是非読めとすすめたが「雲に乗れるわけないじゃんかなぁ。空《そら》っ事《こと》はつまらないよ」などとほざいて読まなかった。ソラッコト、というのは私の母方の祖父が使った言葉で、虚構を軽侮一蹴する感じがよくでていると思う。つまり、私のユメのない性分は先祖ゆずりであり、物心つく前から狭量な読者だったのである。

小四以前、姉と死に別れて火葬場で骨ひろいをした私は、姉が生前愛用した物の焼け残った金属部分などを箸でつまんでしみじみながめ、人の儚さを痛感。以来、面白おかしいだけのマンガやハッピーエンドの物語は、眼前で風ぐるまを回されて馬鹿にされているような気分になるだけ。愛別離苦をベースにした、等身大の、切れば血のでるような悲劇的リアリズムにしか興味を持てなくなった。〝心あたたまる物語〟の忌避は、どう考えても姉の骨ひろいの後遺症である。

〈小さいときに読んで感動した本の話〉が、この原稿のテーマだが、正確には〈読んでもらって〉感動した本のことが半分を占める。

私の小さいとき、家には両親のほかに父の妹が住んでいて、久栄《ひさえ》という名前なのだが、なぜかチャイコと呼ばれていて、私はその若い叔母をチャイちゃんと呼んでいた。

チャイちゃんはなかなかの読書家だった。幼い甥っ子を膝にのせて、いろんな本を読んでくれた。昭和十年生まれの叔母は私が保育園の年長さんの頃には十八、九歳だったわけだ。いつも読んでいた小さい本は岩波文庫だったと思う。

今、電話して確かめたら、「そう。岩波の啄木歌集とかね。忠明ちゃんは啄木の歌が気にいってさ、何度も読め読めってせがまれたわよ」

叔母はさらにこういうこともおしえてくれた。「とにかく同じ本を何度も読め読めって言うの。あたしは昼間の仕事でくたびれてて、手抜きというか読み抜きをすると『ちがう、ちがう』って、首を横にふるの。四つくらいのときはイソップに入れ揚げてたね」

そうだった。私が生まれて初めて知った生の苦《にが》み？　は、チャイちゃんのナレーションによる『イソップ物語』によってであった。

思いだす。挿画の中のアーチ型石橋とその上で肉塊をくわえている犬を。欲ばりの犬は川面に映った自分を他者と錯覚、そいつをよこせと吠える。落ちていく肉塊、あわてる犬。そして、夏場に浮かれ遊んでいたキリギリスの話。見栄坊な町のねずみの話。

幼い私は、下愚なる犬やキリギリスや町のねずみを「ばかだねえ」とかなんとか笑ったように記憶する。と同時に、かれらを笑いきれるほど、ボクは上智じゃないかもなぁ、という一抹の不安を抱いたようにも記憶する。特に、アリたちになぶられるキリギリスは、数十年後の我が姿のような気が、わずかながら、した。

「石川啄木に入れ揚げたのはいくつ頃だっけ」

もうひとつたずねると、

「小学一、二年でしょう」

雨の日曜日。薄暗い六畳間の文机。ひじをついて文庫本を読みふける叔母。なに読んでんの、と小学低学年の私。

叔母が朗読してくれた啄木の何首かのうち

いのちなき砂のかなしさよ
さらさらと
握れば指のあひだより落つ

が、幼い耳を経て小さい胸にずんときた。だれかの指のあいだからこぼれる砂と、骨灰の姉がだぶったような、やや不吉なイメージ。

昔の、とるにたらない体験を事件化するつもりはないが、六、七歳だった私にとって、石川啄木の数首は、大人(青年か)の楽屋裏や小心といったものを不用心に吐露した本音篇のように感じられて鮮烈だった。〈東海の小島の磯の――〉そうか、大の男も悲しい場合は蟹《かに》なんかいじって泣いたりするのか！〈まあ君《きみ》も泣きたいなら泣いて、ありのままに生きればいいよ〉

と言われたような、肩の力がうれしく抜けていく気分を、たしかに味わった。

自分で読んでいちばん感動した本は、上林《かんばやし》暁《あかつき》の『病妻物語』である。

小五の始めから小六の終わりまで登校拒否者だった私は、立川病院の精神科に通ったり、甲府や伊香保の温泉でぶらぶらしていた。たしか小六の初夏、たまたま立川中央図書館の前にくると、正面玄関の奥に素晴らしく色白の、それは美しい司書のおねえさんがいるのに気づいた。私はすいこまれるように、生まれて初めて図書館に入った。本を選ぶふりをしながら司書に見惚れていた時、ちらっと目についたのが『病妻物語』の背文字。自分が病院通いをしていたので病という字にひかれたのだろう。高校生になってから調べてみると、その本は短篇集であり、忘れられない場面が載っているのは「聖ヨハネ病院にて」の中だった。

作者当人と思われる夫が食物のことで死期の迫った妻といさかい、中腹で病室をとびだし、野道を歩きながら後悔の念にさいなまれる場面は、初めて読んだ十二歳の日から三十年以上たった今もつらくよみがえる。少年の私に精神を病み失明した妻をかかえた男の哀しみなど共感できたはずもないが、苦悩に耐えている夫婦のたいへんさは推量できた。

登校拒否中の私は、自分のあてどない心細さよりも、もっと心細そうな主人公に同情し、子どもなりの、ある種のカタルシスを感じていた、と断言してしまおう。

「あなたは、どんな作家のものが好きなの」

十八歳で寺山修司に師事した私は、ある日渋谷のアマンドで寺山先生に質問された。

「病妻物ですね。上林暁の『聖ヨハネ病院にて』とか」

臆面もなくそう答えると、先生は即座に言った。

「それはあなたがそういう悲惨な夫になりたくないから好きなんだよ。実際にそんな立場になったら身につまされちゃって、とても読めないね」

深層か浅層かはわからないけれど、心理学的にはおっしゃる通りだろう。しかし、私は身につまされないような作物を名作とは思わないし、そういう物は今後も読みたくないのである。


（『本の海・冬号』一九九二年一月・くもん出版）

## ヤケになってはいけないよ

去年の春には僕の小さな家にたくさんの五年生が遊びにきてくれました。

僕が書いた物語が教科書に載って、その最初の授業の時、ある先生が「この作者はまだ生きています」とおっしゃったので、じゃあ遊びにいってみようか、ということになったらしいのです。

みなさん実に立派な少年少女で、貧乏作家の僕をいたわってくれた上に、現代学校事情などを懇切丁寧におしえてくれました。

帰りぎわ「森さんは世の中を地獄っぽく見すぎてるみたいだけど、ぼくらがひいきしてるから明るい気持ちでがんばりなさーい」と言ってくれた少年もあり、「わたしは将来、森さんのようにあまりちやほやされない作家と結婚したい」と嬉しがらせを言ってくれた少女もおりました。

秋田県大曲市立第二小学校の五年生全員から「健康に気をつけてがんばれ」という手紙や感想文集を送っていただいたりもしました。

そんなぐあいに僕はこの一年間、五年生の方々に激励されつづけてきたのです。

今、「新五年生がんばれ」というテーマで原稿を書くことになった僕は、激励する側にまわったわけですが、少々とまどっています。僕にがんばれと言ってくれた少年少女は、作品などを通してこちらをある程度は御存じなので励ますかいや手応えがあったと思われますが、僕の場合、顔も名前も知らない新五年生を一緒くたにして「がんばってください」と言ってもむなしい感じがするからです。新五年生が百万人いるとしたら、それぞれの方にふさわしい百万種類の伝言を用意しなくてはならないでしょう。

五年生の頃の僕は、かなり重く暗い心の嵐にみまわれて登校できず、精神科病棟や山奥の温泉で静養していました。その時いちばん耳ざわりなのは「がんばれ」とか「元気をだせ」とかいう言葉でした。

何もかもが面倒くさく、がんばらなくてはならない理由がわからなくなってしまった混乱と低迷の日々には、言葉による励ましよりも、淋しいことこの上ない風景（たとえば青葉がくれの廃屋、星のまたたき、凍った湖）などが無言の慰めであり、真の励ましだったように思います。

当時、落ちこみきっていた僕に、たった一人ですが幼なじみの男友達がいました。

彼は学校を休みつづける僕をただ見ているだけで、力づけるようなことは全く言いませんでした。「今日は遊びたくない」と言うと彼は黙って帰り、「今夜は泊まっていけよ」と言うと必ずうなずいてくれるのでした。

僕が行く所にはどこへでもついてきて、僕がぼんやりしていれば共にぼんやりしてくれるのでした。彼がそばにいてくれるだけで心なごみ、一時的にではあっても人間らしい晴れやかさをあじわうことができました。

その静かな存在が、どれほど有難いものだったのかを本当に知ったのは、彼が二十三歳で事故死してしまってからでした。

彼、有明昭一良《ありあけあきいちろ》という名前の人間と、この地球上で出会うことができただけでも生まれてきてよかったなと思い、彼と過ごした子ども時代の思い出を書き残しているうちに、僕は作家と呼ばれるようになっていました。

あれは中学生になる年の正月のことです。五年、六年と休学していた僕は落第を覚悟してはいたものの、自分の一生はもうメチャクチャだ、どうにでもなれとふてくされ、やぶれかぶれなことをわめいていました。

そこへ彼から二通めの年賀状が届いたのです。

早朝、彼自身が配達したという五円はがきの最後には「ヤケになってはいけないよ」と、すごくへたくそな字で書いてありました。

それから二十七年がたちますが、僕は今でも時々、うす茶色になったそのはがきをとりだしてながめながら、

「ヤケになってはいけないよ——ヤケになってはいけないよ——」

自分に言いきかせるようにつぶやいたりするのです。

どうか新五年生のみなさん、この先どんなにつらくみじめな時があっても決して自棄《やけ》を起こさずに、明日のよろこびと人間の素晴らしさを信じて、なんとか生きていってください。

幸せ多いことを祈っております。

（『小五教育技術四月号』一九八七年・小学館）

## シャカリキにならずにボチボチ行けばいい

### いまも引きずっているもの

こんど、小五の教科書に載った『その日が来る』という作品は、二年ほど前に書いたものです。子どものころの失敗談といったものを、ぼくにしては毒っ気なく、多少ノスタルジックに素直に書いたものなんです。教科書に、ということで、いささか人畜無害なものになってしまったかな、という気はしています。

ぶきっちょな物書きなものですから、自分の体験してきたことを土台にしないと、一行も書けないところがありますが、小さいころのことで二〇年、三〇年とこだわり続けてきたモチーフとか、現実界の事柄ですと、割と自信をもって書けるんです。

少年時代のことでも、すでに完結したイメージといったものでなく、三七歳にもなるいまもなお引きずり続けている、自己の不甲斐なさといったものを書きとめておきたいという気持ちがあるのです。もう克服してしまった場面というのでなく、いまなお大人になりきれていない部分、そういったものを幾つか、心覚えのように、ちょっと〝劣等倒錯〟を売りものにしているのかなという気もありますが、書きつづけているのです。

少年時代というものをぼくは完了形の特異な世界とは考えていないで、いま言ったように、現在もそのころの古傷を引きずっていて、暗礁に乗りあげてしまった気分というか、不如意な感じというか、そういうものがありまして、それを書くことで今後の方向をさぐりたい。書くことでかならず道が開けるとか、めでたい生き方が手に入るとか思うのでなく、何というか自分が生きて在ることを信じることぐらいできるのではないか、とそういう気持ちなのです。

この作品の中では、お父さんが「何事も練習しだいさ」と言っていますが、しかし、実際にはいくら練習してもものになるものと、ならないものがあるわけです。けれど、せめて絶望しきっていない人間としてはそれぐらいは言わなければ、と判断して言わせたのです。ぼくとしては、もしこの続篇を書くとすれば、練習したけど結局だめだったというニュアンスの濃いものに持っていってしまいそうな気がしています。

## 〝登校拒否〟のハシリだった

そんなふうですから、ぼくの書くものは希望がないとか、敗北主義だとか、いろいろ批判をされます。ダメな子といいますか、何をやっても水準に達しない、〝何をしてもアウトの子〟、そうした要素でぼくが成り立っていますので、それを書くしかないわけです。そんな姿勢でも、プロ評論家の批評と違って、学校の先生方や子ども達は手紙でずいぶん励ましてくれているということもあるのです。

励ましのおかげでこういった、ささやかなかそけき歌、リルケの「どのみちすべてが過ぎるんだ。果敢《はか》ない歌を作ろうよ」ではありませんが、〝はかない歌としての児童文学〟、というと卑屈な感じになりますが、そうではなくて、〝いとけなき日のものの哀しみ集〟といったひそやかなアルバムを作っておきたいという気持ちが、持ち続けられるのだと思います。そんなわけでぼくの作品は、ある意味では自分の楽しみ、一種の自己満足で書いているともいえるんですが、しかし、自己満足でやっていく以外にないではないかという気もしているのです。

子ども達がぼくの作品をどう読んでくれるか。どう読んでくれてもいいのですが、強いていえば少年の悲しみといいますか、喪失感といいますか、はじめは自転車を盗られ、野球ではヘマばかりといった日日幻滅をふかめて傷ついていく少年のゆれ動く心や無力感といったもの、ドジな少年の味わう生活気分といったものが分ってもらえればうれしいです。とくにハリキリ過ぎの子どもなどには、多少でももののあわれが分ってもらえ、シャカリキにならずにボチボチ行けばいいんだということをさとってもらえたらありがたい。

しかし、ある意味では非常に非教育的な作品であるかもしれませんね。元気な子どもが主人公ではないぼくのこんな作品を教科書などに使っていいんですか、という気持ちもあります。

子どもは憂鬱な気分に沈むことも多いですし、虚無感によって身動きできなくなったりもしますから、自分よりも深手を負ってる主人公をみて、一息いれてもらいたいんです。その願いがかなえば非常に教育的な作品といえるでしょうね。

ぼくは小学校時代、五年、六年と登校拒否をしているんです。昭和三四、五年ですから、登校拒否のハシリなんです。いや、別に学校や先生が悪いわけでも、親が悪いわけでもなく、何故、この世に生まれてきたんだろうみたいな亡羊の嘆がありまして、暗鬱な気分で、どうしても学校へ行く気がおこらず、それよりもその時間、原っぱでぼんやりしていたほうがいいという気持ちで、はじめは祖父と、後には自分ひとりで、一年半近くあちこちの温泉などへいって学校を休んでいたんです。

そうやって、小学五、六年でドロップアウトするまでは、本当によく遊ぶ子だったのです。本好きな文学少年などではなく、もういたずら小僧で、徹底的に遊んで、そうして五年生になって〝空白の魔力〟とでもいったものに魅入られてしまって、精神科の医師にもずいぶんご厄介になったのです。

いまの子は、本を読まない読まないといわれていますが、当時のぼくと比べればおそろしく読んでいます。そんなに読んでいいのかな、本など読むより遊んだほうがいいのではないか、もっとやることあるんじゃないか、と思うくらいです。もっと基礎体力を作ってからとか、前青春期を過ぎてからでもいいんじゃないか、と思うんです。

少年時代の悩みの日々

ぼくの登校拒否というのは、いまのそれと少し違って、大げさにいえば形而上学的な悩みといいますか、実存主義的な暗黒といいますか、自分の存在の位置といったようなものが全くわからない、ということから来ていたんです。例えば、先生に聞くとすれば、「ぼくは何故発生したんですか」といったような質問になってしまうことなんです。

とにかく、ひとりで自然の中へ入って、自然に慰謝されながら、「何故、あんなに一生懸命になって、ランドセルなんぞ背負って学校へいかなきゃならないんだ」という疑問をかかえこんで、答をみつけなければ何もできない、時間が動かない、といった苦しい状態だったのです。はじめ、ぼくの作品は少年時代をノスタルジックに振り返ったものといいましたが、それは甘美なノスタルジーではなく、非常に悪夢の部分があり、あの頃には二度ともどりたくないという感じがある。何故二度ともどりたくないのか？　あの悪夢はどんなふうに変質してきたのか？　そのへんを大人になったいま、ちゃんと整理し直そうというのが、いまやっていることなのです。それをやってからでないと他の文学ジャンルには行けないという気持ちがあるのです。

小学校時代、先生に「お前は欲がない、欲がない」とよくいわれました。勉強に対する意欲がない、集団生活が嫌いで協調性がない、と。ぼくは、校舎の昇降口を入ったとたんにかぐ下駄箱特有の匂い、あるいはホコリっぽい放課後の掃除の時間、そういうものがすごく嫌いだったんですね。潔癖症というか、キタナガリ屋だったというのか、勉強以前に学校という建築物がイヤだったのです。

ぼくは、小学生のころからスローモーでした。一年生のときのこと、帰りの時間がきて、みんなランドセルに教科書や学用品をしまって、「先生、サヨウナラ」をいうために立っています。でも、ぼくは朝、登校してきたときの通りにランドセルにしまわないと気がすまない子なのです。「森くん、はやく立って」と、先生にせかされて、一瞬ビクッとあせりますが、「四十何人のクラスみんなにぼくを合わせるよりも、みんなをぼくに合わさせちゃおう」と、そういう傲慢な気持ちが当時からありました。居直るというか、相手を自分のペースにまきこんでしまうほうがいいという、非常に傲慢な性向がずっとあります。

しかし、文学とか芸ごとはもともと独善的でモノマニアック(偏執的)で、多少変質的な部分が売りものの一つなのですからそれはそれでいいのだと思っています。

大事な人との〝出会い〟

先生についていいますと、ありがたかったのは、「私が担任の問、きみは登校したりしなかったりだったが、中学、高校へ行ったならば、きみはきっと自分の感性の能力を生かしてさらに大きな人になるだろう」と、通信らんに書いてくれた先生がいたことです。

自分の担任期間だけでなく、先のほうまで見て心を配ってくれる先生というのは、そうはいないと思うのです。自分の教えた間は目に見える向上はなかったが、しかし五年後、十年後の先まで見てくれた愛情というものを、その先生から感じるんですね。その後、中学・高校時代も学校へ行くことは苦痛でしたが、詩を教えてくれる先生がいたり、絵が好きで、美術だけはいつも五段階評価の「5」をとっていましたが、その先生がかなりヒイキをしてくれました。それと中学・高校では六年間、学校新聞をやりました。当時、もう勉強勉強で部員のなりてなどいないので、一人でやりつづけ、高校卒業のときは、校長が「森は赤点だらけだが、新聞で高校生らしい活動をしてみんなに活を入れてくれたんだから」と、本来は落第のところを卒業させてくれました。

その後、高校生向けの雑誌に載ったぼくの詩を、寺山修司さんが認めてくれて、「出てこい」といって下さって、やがて寺山さんのもとで戯曲のようなものを書いたりして、いまこうしてこんなぼくがあるわけです。

中学・高校時代、詩を教えてくれた先生がいたり、そのあとでは寺山さんのような人がいたり、ぼくのような落第生、不出来な生徒を芸ごとをからめて支えてくれた人びとの恩というものを強く感じています。

（『小五教育技術』一九八六年五月号・小学館）

# 天才の分野としての童話

名古屋にお招きいただきまして有難うございます。

畏敬する新美南吉の出身地に近いこともあり、二十三歳で亡くなった有明昭一良という友人のことを長年書いてきた私なんですが、彼が死ぬ一年くらい前、この名古屋でピアノ弾きの仕事をしてまして、「名古屋はいいところだよー」と、しきりに立川へ電話をくれたんです。また、中学時代からの友人で、林正雄という、いつでも金を貸してくれる男が藤倉電線名古屋支社に十年ほど暮らしていました。そういう、私にとって最重要の人間が御当地に縁がありましたので本日はある感慨がございます。ゆうべ、しかたしん先生にごちそうになりながら、（おれも雲上人のしかたしんと酒が飲めるようになったんだなあ、二十年こつこつやってきたかいがあったわい）と、しみじみ思いました。なおかつ斯界で最もお心が広いと言われております浜たかや先生と一年半ぶりにおめもじできまして嬉しくております。

昨年の講演者は日本で一番売れている作家だったそうで、今年は一番売れない作家たる私という、この絶妙のバランスをとられた中部児童文学会の御見識に敬意を表する次第です。

演題は最初『頭のいい人はなぜ童話が下手か』というのにしようとしたんですけど、企画部のうみのしほさんは第二案の『天才の分野としての童話』のほうが好きだったようで、うみのさんから送られてきたパンフレットを見ましたら、この〝わが仏尊し〟みたいなタイトルに決定してましたので、なるべくそれに沿った話をするつもりでありますが、きっと支離滅裂になるはずで、あらかじめ御寛恕願っておきます。

まず簡単に私の来歴、自己紹介のようなことを述べておきましょうか。

小学五、六年の時は『花をくわえてどこへゆく』（文研出版）に書いた通りの登校拒否をしてまして、中学へ進むには進んだんですが、不登校ボケのせいか学業は手につかず、ただ月刊の学校新聞には編集長として打ちこみました。高校の三年間も新聞作りに精をだし、赤点だらけで落第が確定してたんですけど、「文化活動で他の生徒にカツを入れた森の功績は大」という校長の一言で卒業させてもらいました。まあ、中学高校の六年間、学校の予算を使って文章勉強をさせてもらったようなもので、編集長特権により自作の詩や童話をどんどん載せて公器を私物化してたわけです。

その頃、学研の『高三コース』文芸欄に詩を投稿しましたら、第一席が続きまして、選者の寺山修司から「あそびにきてください」という葉書をもらったんです。

寺山修司は、才能のある者はほっといても伸びてゆくものであり、添削みたいなことよりも実戦トレーニングというか、「プロになった時の心がまえや作法」をこそ伝授しようとお考えになってましたね。将来インタヴューを受けた場合はこうしなさい、テレビ討論ではああしなさい、誰も読まないような原稿ほど手を抜くな、といった具合でした。私の出来の良い詩は『現代詩手帖』などに一宇一句直さずに載せてくれて、凡作はどこかへ隠しちゃって返してくれないんです。

ＮＨＫの名物ディレクターだった武井照子先生にもずいぶんお世話になりましたが、武井先生も作品についてはあまり言わず、「先輩の出版記念会にディスコのあんちゃんみたいなナリで来た某のようになってはいけません」といったふうな礼儀を主に教えていただきました。ですから、私も、人の作品についてああだこうだ言うのは気乗りしませんが、私自身、大石真先生はじめ、多くの優れた編集者に善導され励まされてやってこれたんですから、後進に逆破門されるまでは精一杯の助力をする気ではいます。

先に講演されたポプラ社の大熊さんも礼儀正しく優秀な編集者で、私も尊敬しているわけだけど、「三万しか」売れない、とか、「五万しか」とかおっしゃっていられたので愕然としました。（大熊悟氏から「初版が捌けるためには三万五万の固定読者が必要ということを言いたかったのだ」と弁明あり）ぼくなんか三千も売れないですよ。「森さんのは一番売れません。でも一番好きです」なんて言ってくださる編集者が三、四人いるからやってられるわけで、三千部だって私にしちゃ売れすぎなんであって、本当の読者が五十人もいたら万万歳といったようなものですよ、文学は。

千人中、九百九十九人が買いそうな話を書けば、作者も出版社ももうかるでしょうが、作者当人にどうしても必要な文学かどうかとなると問題で、多くの子どもが喜べばいいってもんでもなくなる。

私は自分が責任のとれる言語、日本語ですが、まあそれもおぼつかないけれど、他国語よりはましだからそれでもって、責任をとれそうなグラウンド、私の場合は立川という生まれ育った町と、一等興味がある自分と自分の子ども時代のことを我流でこしらえてきたことでもわかるでしょうが、とにかく、まず自分に必要な物語であることは確かで、となると、どうしたって千分の一くらいの読者にしか用はないだろう。文学ってのはそういう希少なつながりを信じてやるもんでしょ。「虚事に生きる」わけです。

書き手も出版社も実益ばかりを基準にしているようでは人間の一代を支配するような名作とは縁がないだろうし、文化をうんぬんする資格もあやしい。

最近の子どもは本を読まんとお嘆きの教師や親御さんがいますが、そもそも子どもは本など読まなくてもいいのであり、私も中学までは一冊も読んでなくて、ひたすら外で遊び呆けてました。十二歳までに遊び尽くした充足感と、その時空が現在の創作の源になっているんですから、「本を読め」と一度も言わず遊び尽くさせてくれた両親には万謝してます。他人の物語などに全く関心を持たずに成長してゆくことが真の子どもの条件なんです。私はただただ自分の美意識を満足させるためにだけ書いていて、それがそこそこの商品価値を持つらしいので出版してもらっているにすぎず、売れない読まれないからといってどうともない。

自分が本当に書きたいものを自分以外の何ものもあてこまず、書きたいように書き上げた結果、「こんなの児童文学じゃない」と言われたら「あら、そう」と笑っていればいいので、最初から商業ベースを意識したり賞ねらいというのはプロみたいだけど、邪道みたいですね。

出版社も商売なので売れなきゃ困るだろうし、『セーラームーン』でもうけた分で売れない本を出すことも出来るんですからベストセラーさまさまなんだけれど、金もうけだけしたければもっと割のいい商売は他にいくらもあるでしょう。石川淳が「出版社などは泣かせるためにある」と書いてますが、名作一つ出してつぶれた出版社も日本文化のためになり、名は残るわけで、文化のためには泣いてほしい。

名は残る、といえば、童謡詩人の小林純一先生の御蔵書だった『校定・新美南吉全集』（大日本図書）を清水たみ子先生の仲介で譲っていただき、全十二巻を読み終えたところなんですが、南吉は十五、六歳で物の核心というか文学の魔のようなものに触れていて、センスの鮮度が時代よりも相当先走ってる天才だということがわかりました。

長崎源之助さんは「南吉は天才ではないから好き」とか書かれてましたけど、どう見ても南吉は天才です。私流に天才作家の規定をしますと〝存在する読者ではなく存在すべき読者を相手にする者〟ですから、生前に売れたり御殿がたったりするはずがない。新美南吉にしろ宮沢賢治にしろ、天才というのは命あるうちの名誉や公認を得ることが本質的に不可能な宿因を持っているんだと思う。

おととしでしたか、岩手県の小学校長が、その人は詩人でもあるんですが、「森忠明の作品には毒や虚無があるから生徒に読ませないことにしているんだ」とおっしゃいました。なるほど、教育者としては一流の判断かもしれないが詩人としては四、五流でしょうね。私の毒なんて岩手の大天才賢治の毒とくらべたら無いも同然くらいの消毒文学ですよ。消毒してれば売れるでしょうが、それはもう文学じゃないでしょう。

むかし、三十二歳の寺山修司は十九歳の私にこう言いました。

「庶民というのは一日に二、三回はオマンコだのオサネだのとしゃべってるものなのに、清岡卓行なんて決してそういうこと書かないから信用できないね」

この言葉の影響は大きい。私が今、子ども向けだからといって差別用語や毒を回避できないのは、その言葉のせいだし、弾圧や禁忌のシステムの先回りして自己規制したりせずに、絶対必要な表現ならば書くだけは書かないと、独創なんて夢のまた夢でしょう。稲垣足穂も「独創的な作品は何より先に編集者から突き返されねばならない」と記しています。

きょうお集りの中には、賞など取って流行作家になりたいと念じている人も、単に道楽のレベルでもいいとお考えの人もあるでしょうが、現世での承認とお金が欲しい人に対する指南と、天才芸術路線というか後世での知己を望む人への指導法は全然ちがいますから二部に分けてお話したいようなものです。

ある時、宮本武蔵の前に突然若侍がやってきて、「明日仇討ちをするのだけれど、必ず勝てる方法を教えてください」と懇願する。

「そんな強敵に勝てるわけがない、出直せ」などと武蔵は言わない。即物的具体的に勝つ方法を考え抜いてやる。精神論をぶったりしない。せんえつながら私もそうしたいと思うんです。

まず、昼間おつとめしている男のかたは会社をやめてヒモになっていただきたい。女のかたは金持ちの男に養ってもらい、四六時中寝ても覚めても作品のことだけを考えられるようにしてください。

「詩は常に超一級品でなくてはならない」と伊東静雄がのたまっておりますが、童話もそうなんであって、他のジャンルみたいに二級品でも許されるという世界じゃない。どうしてかという理屈はいっぱい用意できるんですが、今は省略して、とにかく超一級品たる童話をものするには〝本当の余裕〟が必要です。食わしてもらっててうしろめたいなんて少しでも感じたら駄目でして、優雅な人非人に徹しないと、美しい一篇の、この世への置きみやげは実現しません。こう言うとなんだか必死こかないといけないみたいですけど、〝必死こく童話作家〟というのはおかしい。他の作家と張り合うなんてのも堕落で、ひたすら自分の創作のことだけを思いつづける。ことし、私はＮＨＫの児童劇団用の台本に七か月間かかりきり、他のことは一切やりませんでした。ギャラの安いことなどゴタゴタ言わない。税務署に申告の時、奥さんに「（稼ぎは）これだけ？」なんて言われても平然としていられるようでないとね。歌人の土屋文明は不動産とか頼れるものを持ってる人間を創作に向かない者としている。銀行に自由になる金がうなってる人や二足のわらじをはいてる人や幸せな人の作物なんてタカが知れていて、どこか甘く、素人くさいんじゃないだろうか。

質より量、名よりも実のかたがたに忠告しておきたいことがありまして、それは〝下手なものを残すと七代以上タタル〟ということです。ウハウハ売れまくった御当人は大喜びのうちに死ぬんでしょうからめでたいにはちがいないが、その子孫は「あんたの御先祖、流行ったらしいけど低級だなあ」とかくさされて代々迷惑する破目になるんであって、それでもいいやというんならそれでもいいけれど。

アマチュア、セミプロのかたがたには、だれがどこぞの編集者と結婚したとか、全く文学と関係ないことばかりにくわしい人が多いようですね。業界の内情なんて何も知る必要はないんであって、本当に書きたいものが完成の域に達していると判断したら好きな出版社に持ちこめばいい。断られてもしつこく持ちこむ。要は目ききの編集者と出会い、育ててもらえばいいのであり、社交で顔を売ったりしなくてもいい。世話になった人には葉書一枚に真心こめて礼意を書けばいいのであり、飲ませたりつけ届けなんかすることはない。

師について勉強する場合は、その師に身も心もささげ尽くさなければ何にもならないんで、私は男だから惚れこんだ先生に身はささげられなかったけれど、寺山修司、谷川俊太郎、大石真、三木卓、諸先生の著作がボロボロになるまで読みこんだり、抱いて寝たりはしていますよ。フランス文学者の出口裕弘氏が「溺愛者たれ！溺れた者のみが真の論理を得る」と書いていますが、とにかく、これぞと見込んだ師には反問せず、最低二十年はつきまとわないと、その心技体を継承し新展開することはできないと思う。二十年、師と文学に溺れたけど「こりゃ駄目だ」と悟ったら河岸を変えてやり直せばいいんです。死ぬまで修業、終点無し。九十九年無駄歩きでも、あとの一年で無駄が無駄ではなくなって、願いが叶うこともあるんだから。

一、二冊本が出たり、賞に当たったりすると師のチェックを受けなくなるもんですが、師が生きてる限りチェックしてもらうのが芸の道だし、師は弟子に恥をかかせたくない一心で、どんなに多忙でもみてくれるでしょう。

あと、この業界には本当に文学がわかっている評論家なんて一人か二人しかいないので、その二人以外にケチをつけられても気にしたり一喜一憂しないでください。南吉の小説について非学究的なやり方で滅茶苦茶なことばかり書いている紅野敏郎さんなんかをみれば文芸評論家のたよりなさがわかります。あてにならない批評家たちの文章やファッションぽい、ライン生産している作家のものを読んだってしょうがないんであって、たとえば円地文子や岡本かの子、林芙美子などの作品を含味し、還元し、超絶すべきで、彼女たちが血と肉と魂のすべてをそそいで得た文学に深く食い込んで学びとらなくちゃ、浅く思って浅くでただけのものしか書けないですよ。彼女たちの、とんでもないうまさ凄さに打たれつつ深く思い、そしてそれらを昇華しきって浅くでられた時、真の童話が成るんだろうと思う。その過程は必然的に前衛の相を帯びてくるんで、文学的実験、遊戯、冒険といったことをしなくちゃ児童文学を選んだ意味がありません。私もその手のエクササイズをいささか試みてきたつもりですが、幼友だちの一人なんか毒舌でして、「森は日本一セコイ作家だよ。ろくな取材もしないし、ありふれた同じようなネタで何冊も本にしちゃうんだから変な神さまみたいなもんだな」とか、よく言ってます。

私が神さまかどうかわからないけれど、文学をやるには、どうしても神力のようなもの、亡霊たちのみちびきとしか考えられないものが入り用ですね。「いい大学でました、国語も得意です、古今東西の名著を読破研究しました」それで出来るようなものじゃなくて。

私の場合、いわゆるリアリズムに徹しようとすればするほど、目に見えない、いろんな魂の協力を得ていることを感じます。たとえば、亡友有明と歩いた立川の路地には私だけの〝神話〟ができていて、ただの路地じゃない。そういった私の愛する者たちが、どう書けばよいのか教えてくれた道もただの道じゃない。死期の近い祖母が買物かごさげてヨロヨロ歩いていてんですが、ロラン・バルトも書いているように「人は常に愛する者について語りそこなう」わけで、もうこれで書き切れたということにはならない。次の必要に迫られる。迫られもしないのに作ったおはなしがいくら売れてもむなしいですね、私は。

賢治も南吉も、死ぬまでに多くの愛する者との別れや喪失があり、それらを形而上学的に、あるいは耽美主義的に、読者が子どもだからこそ、きちんと表現して、ほとんど成功している点を、これからも学びとりたいと思っています。

最後に――この童話の世界に入ってよかったなと思うことは、オーディエンスの素晴らしさですね。評論家や書き手よりも読み手が立派なジャンルなんです。特に読書会などのお母さんがたは、たいへん豊かな読みをしてくださるし、一度認めた作者をどこまでも支持してくださる。こういう熱心な、教養あふれる読者層を持つ世界はめずらしい。

ただ、子どもに〝良書〟を読ませたいと願っているお母さんや教育者に言いたいのですが、文学を読むということは、〝恐るべき真理〟などに子どもが目覚めちゃうことも含んでいて、もしかすれば〝良書〟のせいで母殺しや教育制度の全否定に及ぶかもしれないということまで見込んでいてほしいと思います。

多々駄弁を弄してきました。私の愚かさを確認するためにもいい機会となりました。慚愧の念にさいなまれつつ、いつかこのマイナスのカードを一挙に傑作というプラスに転じて、本日の恥かきをチャラにする所存です。

貧乏ですが客ぶとんの一組くらいはありますので、ぜひ立川へお遊びにいらしてください。

御清聴ありがとうございました。

（『中部児童文学』73号・一九九四年十二月・中部児童文学会）

# 「童話俗化の問題」

昨日、ＮＨＫに出演いたしましたが、アナウンサーの明石さんが「森さん、リハーサルお嫌いでしょう」といわれました。しかし私は「いいえ、ぼくは、五分毎に考えが変わってしまう男だから、リハーサルはちゃんとやってください」と頼みました。結局リハーサルで言ったことと本番で言ったことは全然違いました。これからお話することも、あちこちに飛んでアカデミズムな話にはならず、放埒を売り物にしている人間ですので、論理的にと期待されている方を失望させてしまうかもしれませんがお許しいただきたいと思います。

去年は名古屋にお招きいただきましたが、その人たちは作家志望の方たちでしたので、こちらも偉そうに方法論とか精神論とか、恐持てで言いまして後々冷汗ものでした。

今日は、家内の故郷である広島で、私にとっても第二の故郷という気持ちでいますので、ざっくばらんに思ったことを話させてもらいます。

「童話俗化」ということですが、広島は毎年正月にきてホテルに泊まることにしているのですが、今年の正月に来た時も、本通りのアカデミア古書店で私小説の神様のような上林暁の全集のエッセイの部分を三巻三千円で買いました。その中に「俗流との戦い」とか、「文学俗化の問題」というのがあって感動しました。それをこのたび演題に転用させてもらいました。

上林暁のいう「文学俗化の問題」とは、家を一軒建てたり、新聞に毎日名前が出なければ一流の文学者とは見られない潮流に、それは文学と関係ないのではないかと、純文学作家としての気負いのようなものを書いています。しかし私は、現在、同業者でばりばり書かれて活躍している作家について、どうこういうのではなく、あくまでも私の俗化の問題について話させてもらいます。

私自身、無能の人なのですが、その無能感にさいなまれて四十七年間生きてきましたが、無能の人間でもどうやって生き延びさせてもらってきたかということを話して、子育ての反面教師として役立ててもらえたらと思います。

劣等倒錯に陥って、貧乏自慢の、自分の不勉強自慢になってしまいそうですが。

昨日もＮＨＫで番組が終わったあと、メディアパークに来ていた主婦の方たちの一人が「ファンなんです」って、ぼくを見ながら寄ってこられたので、ぼくはつい「どうも、どうも」なんていったら、それはぼくじゃなくて明石アナウンサーのことでした。明石さんにしてみれば、ぼくの手前、「いやー、こんな内容のない男に、テレビって恐ろしいですね」って一生懸命フォローしながらサインに応じておられました。その時少なくともぼくも傷ついたし、明石さんも立場を失いました。

ぼくは少年時代、野球に熱中していましたが、有名選手のサインをもらいに行くとき、ほかの選手にも悪いからと一応他の選手のサインももらっていました。子どもというのは、そういうところに気を使って生きているんです。

「明石さん好きなんです」と率直にいえる人は偉いのですが、もう一歩踏み込んで、あそこに森もいる、明石さんもいる、と二人を立てるように振る舞ってくれたら、お互いが傷つかずに済んだのではと思います。

でも後でまた考えますと、人が近づいて来たとき、すぐ自分のファンだと思ってしまう奢りもまた、まだまだ修業が足りないなあと思いました。そんな私自身の俗なるものの問題を、創作する上でどのように処理すべきか考えてみたいと思います。

私が住んでいた昭和三十年代の立川市は、米軍基地のある町ですが、拝金主義で非教育的なすさまじいところでした。ちょうど経済成長初期のころで、大人は大人で自分たちの生活でせいいっぱいの時代でした。だから、大人たちに、ああしろこうしろと言われることもなく、ランドセルを背負って、どの道通ればアトラクションがあるかを楽しみながら、毎日登下校していました。米軍人同士のけんかやがさつな大人たちを尻目に、とんでもないひどい環境でしたが、子どもは子どもの世界で育って、みんな立派な大人になりました。

その中でずっこけたのが私で、どこでボタンを掛け違ったのだろうと今もって考えているのですが、こんなやくざな商売をやっているおまえの話など、聞きに来てくれる人などいるのかと、今年七十二才の母などは心配しています。父親もそうです。

それで証拠写真撮ってくるよ、といってきましたので、すみません、一枚撮らしてください。というわけで、ぜんぜん家族には信用がないんです。母はどこで育て間違ったかといいますが、五十近くなって、今さらおそいですよね。

母にとってよかったことは、寺山修司に出会えたり、明石勇アナと電話でしゃべれたりしたことぐらいですか。

寺山修司と母は腎臓が悪かったので、ぼくに電話をくれた寺山修司が、ぼくのことはどうでもよくなって、母と腎臓談義をしていました。ぼくが遊びに行くと、開口一番、「お母さん、お元気ですか」って聞くので「元気ですよ」というと安心するみたいでした。

どこで親の期待を裏切ったかといいますと、ぼくが五才の時、姉が脳腫瘍で死にました。姉の骨を拾った日のことをぼくはよく覚えていて、人生は短い、はかない、とことばには出しませんでしたが胸底にプリントされてしまいました。

小学校に入学した後も、こんなにいい天気の日に、なんで三時、四時まで束縛されなければならないのか、人生は短いんだから、自分の時間は思うように使いたいと思っていました。それでも四年生までは優等生でしたが、五年になって、この短い人生をどうして好きなように過ごしてはいけないのだろうかと思うようになったら、突然、「時間停止体験」をしてしまいました。

自分としては何とか学校にも行きたいと思うのですが、おれは何なのだと思うと、時間の中に閉じ込められた思いがして体が動かず、どうすることもできなかったんです。

その後十七才の秋、谷川俊太郎に出会ったとき、「ぼくも同じ体験をした、暗黒なんだよね、あれは」といってくれました。心理学者のユングという人も、幼いときに精神分裂体験におちいりぶらぶらしていたら、ある日ユング少年の父親が、息子の治療費がかかって苦しい、と友人に話しているのを立ち聞きして、ユングは父親を困らせないよう自己治療して立ち直ったといいます。

ムンクの絵は、子どもの時に絶望的な暗黒をみた絵だと中川一政は書いています。湯川秀樹も少年時代にペシミズムに罹っていて、何かとてつもない大発明でもしないと、自分のなかの虚無を埋め尽くせないと思ったそうです。

自分の体験をこのような大家と並べて論じようという僭越な気持ちはないのですが、一般論として、この世に生まれてきて、そこにあるというだけで不登校になってしまう。このごろは登校拒否といわず不登校というのだそうですが。確かに自ら拒否したわけでなく何とか立ち直ろうとしていたわけですから不登校なんです。ぼく自身が、ボタンの掛け違いをしたことの大きな原因は、姉の死だったことはまちがいないと思います。

五年、六年の二年間学校に行けなかったのですが、宮大工をしていた母方のおじいさんが、当時羽振りがよくて、壱万円札がでたばかりのころ、孫のことが心配だったのかぼくを呼んで、金これだけあるから、いつも湯治にいく旅館に行ってこいと五十万ぐらいだしてくれました。これで自己治療ができると思ってうれしかったですね。

小児科に入院しました時も、まともに扱ってくれないので、憤然としてぼくは、精神科に回してくれと頼みました。立川病院の精神科は病院のはずれに建っていたのですが、渡り廊下を伝っていくと、空気がちがっていて、ぼくにとってはサンクチュアリでした。

母をはじめ親戚は、とうとう忠明は気が狂ったと思ったらしいですが、本人はこの滅入った気持ちを何とか立て直そうと必死でした。その気持ちは言語化できないわけですから。当時の精神科の主治医が小泉さんという人で、五十ぐらいの人でしたが、会った瞬間、出会いを感じました。別に治療するわけでもなく、「あんたどんなタイプの女の子すきなの」とか「野球はどこのポジション守ってるの」などと無駄話ばかりしていました。そんな話をしているだけで、気持ちがものすごくおだやかになって、救われた思いがしました。入院患者は、とにかくぼくに何も期待しないから、幽霊の中にいるようなもので、たいへん環境がよかったんです。とても楽でした。伊香保の温泉旅館にいる時も楽でした。

最近、いじめなんかで自らの生命を絶つ子がいたりしますが、あの「真空の恐怖」のひどさというのはどうしようもありません。だから、六年の終わりごろに、これから先、どうして生きていけばいいのか、自分なりの結論をだしました。

自分がこんなに苦しむのは、これは親の期待にそおうとしているからだし、世間の既成の社会的価値観みたいなものにそおうとしているから苦しいんで、だからこれから先、親も泣かせ、世間の人から馬鹿にされても気にしなければいいんだと、自分なりにわかったんです。まさにドロップアウトでした。これから先、留年したり落第したりしても、いじめられたり馬鹿にされたりしても、自分が選んだ道なのだから怒ったり、コンプレックス持ったりしなければいいんだ、透明人間みたいに暮らせばいいんだ、学校が、おまえは落第だといえば、そうですかって落第すればいい。それがわかるまで二年かかりました。それでもう一度小学校をやり直させてくれるのかと思ったら卒業させられて、立川二中に行かされました。そこで突然英語だの数学だのやらされたけど、何とかついていけました。今なら五年、六年が抜けるなんてとんでもないことです。光村図書の教科書に載せる文章を頼まれたとき実感しました。

中学では、美術の先生との出会いがよかったので、その先生の授業を受けるためだけに通ったようなものです。

高校の時の美術の先生もよかったですね。秋川が流れている野外授業など、とても楽しい思い出があります。出世を諦めたような先生に教わったことがよかったと思います。

「無能」な生徒を扱うには、「無能」な先生の方がいいのではないかと思います。無能のように見えていて実は大変な教育者なんですが。

中学三年の時、国語の授業で「徒然草」が出てきましたが、この古典が気に入って、全篇を読み、一人で勝手に悟ってしまいました。文部省は八百年前の古典ということで教科書に載せているけれど、内容を考えるととんでもない作品です。無能でいい、がんばらなくてもいいという文学なのですから。この本を小学校の時に読んでいたらどんなに楽だったかと思いました。悩まなくても済んだはずですから。

「徒然草」は、出世しなくてもいい、隠遁文学、虚無僧文学、虚事に生きることを示唆しています。本気で「徒然草」を読んだら、実業家になろうとする人なんかいませんよね。

ところで、超一流のエリート実業家は、そういう人たちがいるから、この世の中はうまく動いているわけですから、ぼくは尊敬していますが、そうした超一流のエリートという人たちは、実はぼくみたいな無能な人たちのことがよくわかっているんです。どういう風に使えばいいかということを。

精神科医という人は、ふうてん性や痴聖性が身につかないと治療できません。ぼくは精神的不具であることの意味、わけも判らず、止むを得ずドロップアウトせざるを得ない人たちの、どうしようもなさがわかる気がします。

種田山頭火じゃないけれど、いいところで生れながら、山頭火は、十一の時、お母さんが井戸に身を投げて亡くなりますが、ムラサキ色になって井戸からあげられたお母さんを見てしまうんですね。そしたらもう「晩年」ですよね。そんな山頭火に実業家になれといっても無理ですよそれは。お母さんがムラサキ色になっちゃったのを見ちゃったんですから。「どうしようもないわたしが歩いていく」ということですよ。どうしようもなく歩いている種田山頭火に向かって、おまえ貯金しろよなんて言えますか。

このあいだ、大病院の外科部長をしている幼友達が遊びにきて、「おまえのところに来ると休まるよ。いいなあ」っていいました。「おれたちは、ちょっと気をぬくと裁判ざただからなー」っていうんです。

もう一人の幼友達に山口組の暴力団の幹部、親分がいてちょくちょく遊びにくるんですが、母なんか「まさみつくん」なんて呼んでいるんですが、その彼がこのあいだ、「おれがこの道に入ったは忠明のせいだ」っていうんです。

二十歳のころ、おれが落ち込んでるとき、おまえは何とかいう賞をとって、「人生一回こっきりなんだから、やりたいようにやれよ」っていってくれた。だからおれは、そのように生きたというんです。その彼が、今いくら持ってるかって聞くから、五千円ぐらいかな、っていったら、おまえ、やくざよりもやくざだねえ。よくそれで、女房子どももらってやってるなっていいました。そんなにほめるならお金を貸してくれといったら、いくらでも貸すよといいました。「昔から日本の私小説家の葛西善蔵、嘉村礒多なんか、日本の無頼派を気取ってる作家ってこんなものなのよ。映画監督の浦山桐郎が死んだとき、千円しか持ってなかったんだ。そんなものなのよ」。というと、感心してました。

野間児童文芸賞をもらったときも、二千円ほどしかなくて、家内ももってなくて、頼りは一才半の娘の貯金十万円でパレスホテルに泊まったんですが、「一才半の娘の貯金をあてにしているようでは、おれもまだまだだなあ」とつくづく思いました。

だけど世の中には貧を楽しむという、「貧楽」というものがあります。別に清貧を気取ってるわけじゃないけれど、知者は水を楽しむということがあります。

『少年時代の画集』という本を書いた時、自作のあまりの売れなさにあきれて、もうこれっきりにしようと思っていた時、当時広島の全日空ホテルに勤めていた家内から、「あなたの絶版になっている本は、図書館から借りて、すべてコピーして保存しています」などと、泣かせる手紙をもらったんです。世の中にはこんな奇特な人もいるんだと感激して、あと五年も続けてみようかと思いました。あまりプロ根性もないだらしない男なのですが、その時広島で彼女と会って結婚を決意しました。私にあるのは愛と才能だけですといって。結婚してみて、ほんとにお金がないのがわかって、びっくりされました。子どもが生まれた時、女房はノイローゼ気味になって、子どもを連れて別れるといいだしました。いわれても仕方がない暮らしだったから、淋しかったけど創作意識は高まりました。その時の淋しさ、内なる「俗」の問題ですが、お金持ち、幸せな人って必然的に俗になってしまうんですね。好き好んで不幸にはなりたくないのですが、不幸せ感というのは、創作の上で大事なものであると思います。

松下幸之助さんのお金儲けの話は、実業家は読んでも文学志望の人は読みません。百才で亡くなった土屋文明という人も短歌や俳句など、文学にふさわしくない人の例として、不動産とか頼るものを持っている人の句や歌は作ってもだめだといっています。

むかし、二十五才の時、児童文学者協会に投稿した作品が一位になって、関英雄先生、大石真先生、久保喬先生たち三人が、立川でお祝いをしてくれたことがあります。一張羅を着込んでお三方のところに初めて行きましたら、お銚子三十本ぐらい並べて飲んでおられました。ふと見ると、胡瓜を肴に飲んでいるんです。やっぱり児童文学は儲からないんだなあと思いましたが、そのお三方が神々しく見えました。関英雄先生は心の大きな方で、ぼくは協会に入っていないんですが、「森さん、森さん」といってかわいがってくださいます。協会に入らないのは、会費が高いからという理由なんですが。

今日は皿海達哉さんもお見えですが、昭島の図書館で、「飛ぶ教室」のバックナンバーを見ていましたら、五、六年前のものに皿海さんが、「児童文学の極北」というタイトルで、森忠明は童話作家界のつげ義春であると書いていました。ただ森忠明は、何かというと寺山修司の名をだすのがよくない。寺山修司の名前なんか出さなくても、もう一人前なんだから、寺山修司だって出されたら迷惑なんだから、出さない方がいい。と書いてあってすごくうれしかったんですが、実は寺山修司は、名前をいってもらうのがとても好きな人でした。テレビで名前を出すと、「二度もいってくれてありがとう」と電話をかけてきたり、本を送ると「師事って書いてくれなかったね」なんていってくる。寺山修司という人は、そんな俗っぽいところがある人だったといいたかったんです。

「俗」、立川は俗中俗の町だし、ぼくも俗です。俗だからおもしろい。ただそれを、つまり厳島神社の宝物館には、超一級品が納められているように、宝物館というのが子どもの世界なので、子どもに対しては超一級品をリリースしなければならない、そこにおいて、俗をどう生かすかが童話の問題であると思っています。

なぜ童話を選んだのかとよく聞かれますが、非常に僭越な話になりますが、童話が一番むずかしいからだとぼくは思っています。男と生まれたからには、文学様式の中で一番むずかしいものをやろう、と思いました。童話は一番成功し難い分野だと思います。これはドン・キホーテです。

戦わずして負けるのがわかっているジャンルが童話です。これでも一応、詩や戯曲を手懸けてきましたが、何といっても童話が一番むずかしい。なぜか。簡単です。つまりベッドシーンを書かない、ご清潔文学であることの権利をどこまで行使できるか。森瑶子のようなことは書けない。飛車角落ち以上、それでどこまで勝負できるか、これは、最大の実験場です。童話の世界はむずかしくて、生きているうちは成功しない、暫定文学です。それぐらいの覚悟をしているから、失敗してもしょうがないと思っています。

むかしは、子どもというものは質屋に奉公するにしても、一級品が見られるところへポーンと留学させられました。主人は奉公人に、いいものから見せていった。そうしないとニセモノをつかまされてしまう。詩人の伊東静雄は、詩とか童話というものは超一流品でないと、あとはがらくたなんだといっています。ぼくもそう思います。

大人の文学は、がらくたでも通用するところがありますし、また許されるわけです。むしろ二流品の方が訴えるものがあったりします。

ところが、子どもに対しては、気取るわけじゃないけれど、通俗性とか、人間の持っている生命本然の姿とか、生々しい欲望とか、生臭さとか、生きることの賤業性とか、あらゆる一切合財の人間の本音を、どう止揚し、還元し、高処へもっていくかという、気迫の文学だと思います。

そのために、自分の中にある俗っぽさみたいなものを、どうたたき直すか、できれば宝物館には、平家納経じゃないけれど、厳島神社の宝物館のような、子どもという宝物館に一編ぐらいは奉納して死んでいきたいというのが、ぼくのドン・キホーテ的望みでもあるんです。

ですから、売れるとか売れないとかいうのは、貧乏人のいうことで、ぼくは貧乏人ですが、メリットとかデメリットとか、いっているうちはだめなんですよ。そういうものを超越した世界なんですから。フィリピン人は、散歩することを風を食べてきます、というそうですが、そんなもんですよ文学は。つまりわかる人にしかわからない。だから、売れなくてあたりまえという感じです。

子どもにとっての最大の文学は遊びだと思います。本なんか読まなくていい。他人の物語なんかに興味はない。遊べたら十分だと思います。ぼくにいわせれば、今の子どもは、本の読みすぎですよ。ぼくなんか、中学時代まで一冊も本を読まずにきましたが、ただマンガだけはきっちり読み切りました。マンガをきっちり読むことで、初めて純文学のよさがわかるはずです。馬場のぼるや手塚治虫に熱中した時代がありましたが、ある時ふっと、それよりも上林暁の方がいいと思うようになりました。

ぼくの父はインテリじゃなくて、中里介山の「大菩薩峠」の三十余巻をただ繰り返し読んでいる人でした。ぼくには名作童話の一冊も買ってもらった記憶がないし、本を読めといわれたこともない。当時、立川には映画館が十軒ほどあって、郵便局員だった父は、帰ってくると「行くか」といって映画館に連れて行ってくれました。いかがわしい映画から文部省推薦まで拒まず観る父で、観たあと、どうだったもない。一切コメントしない人でした。見てさえいればいい人で、ぼくは純粋観客といっているのですが。今も七十七才でぴんぴんしています。

この父はバリ雑言で人を苛むという才能がない。ただ自分がいいと思うものは見てこいとお金をくれました。

小学校時代、小津安二郎の映画に凝って、尾道の風景なんかうっとりして観ました。家内が尾道北高出身なので尾道にはよく行くのですが、やっぱりいいですね。

幼いときからぼくは、ジジむさいところがあって盆栽に凝ったりして、生れながらの老人みたいでした。ところが優秀な学校の先生は、それが理解できない。偏差値の高い優等生には、ぼくのような劣等生の気分なんか判らないし、限界があると思います。

しかし、私は学校の先生によって生かされてきた、とも思っています。高校の時に詩を教えてくれた先生がいたり、赤点が多かったので落第も決まっていたのに卒業させてくれた校長先生がいたりしました。

また同級生に、卒業写真撮らないのといわれても、どうせ卒業できないからというと、「あなたが卒業しないのは分かっているけど、この年度にあなたがいたということは、私たちにとっても必要なことだから入りなさい」

と、かっこいいことをいってくれた、片思いの女の子がいました。その人は広島出身の人で、結局ふられたのですが、その時から広島にあこがれてしまいました。家内と縁があったのもそのせいのような気がしています。

ところでこの高校の校長というのが、当時東大進学率一番を誇っていた日比谷高校の教頭だった人で、その先生が東京のチベットといわれているぼくの高校の校長になってきました。新聞部の編集長だったぼくは、「新任校長インタビュー」というわけで、校長室に行って「先生、都落ちですか」ときいたら、にこっと笑って、「ぼく、こういうところが好きなんだよ」といいました。偉い人は違うと思いました。しつこく「都落ちの感想を書いてください」というと、「いや、ぼくは都落ちだとは思っていない。これが本当の高校だと思っている。日比谷はあれは邪道です。予備校です。この五日市高校こそが理想です」というんです。結局理系、文系と最後まで分けなかった。東大の理系をねらっている生徒を、保健体育をさぼったといって留年させてしまうような高校でした。修学旅行にも連れていかないんです、罰として。

卒業して、五年ほど経ってから聞いた話ですが、ぼくは四つの教科が赤点でしたから、当然落第だったのですが、卒業判定会議で、森が卒業できないというと、温厚だったその校長が、青すじ立てて怒ったというんです。教育というものを何と心得ているかって。森という生徒は、華道やったり、編集やったり、ティーチ・インやったり、ぼくがいないと文化祭が成り立たないほど、アトラクション係をしましたからね。みんな受験勉強している中で、ぼく一人が学外活動していました。女の子の名前で谷川俊太郎に手紙書いたりして。こんなに楽しんでるんだから、一年、二年留年しても仕方がないとぼくは本当に思っていました。それを校長は、森のような生徒こそ卒業させるべきだといったそうです。話してくれた先生は、あの時はビビった、あの温厚な校長が青すじ立てて怒ったんだから、というんです。おれも二十八で若かったから、お前を必死になって落とそうとしてたんだ。今になって思うに教え方が悪かったんだよなあ、年は取ってみるもんだ、なんて言ってました。

落とそうとした英語の先生も、広島の家内のところにいるとき、七年前、突然二十数年ぶりに電話をかけてきました。「今英語の教師をやめてガソリンスタンドをやってます。ぼくはあなたのことをずいぶん気を悪くさせて謝ります。それだけがいいたくて」って。こんなことを言う時って生命力が低下してて危ないんですよね。それっきりまた音信はありませんけど。

当時、犬猿の仲だった先生も、卒業して何年か経つとやっぱり反省してくださるということです。ぼくは劣等生でしたが、このように、いろいろ情けをかけられて生きてこれたんだろうと思います。

文学というものは大人向けであろうが、子ども向けであろうが、私の独善的な考えですが、基本的に人生の失敗者の身上調書と思っています。失敗者のね。成功者の文学なんて読みませんよ、ハウツーもの以外は。やっぱりもののあわれというか、基本的にはあやにくの世界というか、愛しちゃいけない人を愛したとか、だめと思っていても、わかっているけど好きなんだとか、どうしようもない、やるせない世界を書くのが文学だと思っています。

原爆だとか、戦争だとかいう巨大な複雑なものは、ぼくには手に負えないから手をだしません。アンタッチャブルです。それは、ぼくの義兄に任せています。義理の兄というのは原水禁の事務局長をやっている横原由紀夫という男です。ぼくは本当に狭い世界でこちょこちょやっていきます。世界のことは、お兄さんにお任せしますといっているわけです。生半可なつもりで、他のジャンルの人に、私それもできるのよ、というのは好きじゃありません。プロはプロです。

このあいだプロパンガスの業者に来てもらったとき、道具箱をのぞかせてもらったんですが、新品のドライバーが入っていて、それは絶対使わない道具なんですが、持ってないと不安だというんです。しかも両手ききでないと直せない。プロだなあと思って見てました。

文学のいわゆる存在理由は、あってもなくてもいいような道具じゃないかなと思います。

むかし、落語家の志ん生だったか文楽だったか、その弟子が「ぼくらの商売はあってもなくてもいいようなものだから」といったら、師匠が「なにいってんだ」と怒ったそうです。失言したかと弟子が恐縮すると「落語なんて、なくても、なくてもいい商売だ」といったんだそうです。

芸術、文学には何の使命もないと思います。文学を何かに役立たせようと思ったらそれはぼくにとって邪道です。

文学で何かしようと思ったら、この人は違うなあと思います。じゃ何のために書いているかというと、それは自分のためのセラピーです。それを、編集者や出版社が見て、本になりますよ、といわれればそうですかって本にしてもらいます。

表に一歩出たらすべて取締の世界です。その中で、ぼくら芸道一代の究極の存在理由は、あらゆる非難に耐え、あらゆる言論の自由を許すということが、ぼくのたった一つの存在理由だと思っています。

一切の芸の存在理由は、あらゆる自由を保証することだと思っています。

一歩出たら取締だらけで自由がないわけですから、世の中に一人ぐらい無制約者、無制限者、好きにしろ、という者がいてもいいと思います。だから、使命感、これでなんとか世直ししてやろうと思った瞬間に、芸術は俗化するというのがぼくの考えです。

話は前にもどりますが、女房が子どもを連れて逃げたときに書いたものは、非常に不幸せ感が漂っていてよかったんです。それが百枚ぐらい書いた時、帰ってきました。この子には父親がいた方がいいって。ぼくはほっとしました。でももうだめ。その瞬間にぼくの書くものは俗になっています。それがわかるんです。不幸せのコードで書いているものを、ここで転調したくない。だからすごく苦しみました。女房が帰ってきてから一年余り、不幸せなコードを思い出そうとしますが、どうしても文体が俗になってしまいます。

またこういうこともあります。講談社の新人賞を決めたとき、このまま本にしてもいい作品がありました。しかし、一年経って、本になったとき、書き替えられて、全く別の作品になっていました。どういうことかというと、つまり、受賞した人が、これが受賞するかどうかわからない時に書いた文体と、当選してしまってから書き替えた文体では全然違うんです。受賞してしまってから書いた文体がいかにはしゃいじゃっているか、そのトーンを合わせるのがいかにむずかしいか。不幸せなトーンで書いた時の文体が、幸せな気持ちで書いた時の文体では、二流、三流に落ちてしまってるんです。

俗であることの意味を、これから先も、いかに自分の薬籠中のものにするか、聖俗をうまい具合に配分して、成功のおぼつかない、むずかしいジャンルの中でもがいていきたいと思っています。

十七才のころ、文筆業で食べていこうと決意したときから、賞をとったり、有名になってちやほやされたりすれば必ず、堕落するんだと思ってきました。

ぼくの作品を、もっと子どもたちに読んでほしいといってくれる人がいることは、ありがたいのですが、画家のゴッホも、「あらゆる人間は、認められた瞬間に馬鹿になる、惚けてしまう」といっています。認められるということは、認められたいと思ってやっているうちが華で、ある権威に認められた瞬間に、ある聖なる部分が消えちゃうという、春の花のようなかそけきものの世界で、そのかそけきものがまた生命ですから、そういうものが認められることで消えちゃうという非常に残酷な世界でもあるわけです、芸の世界って。

いちおう、世間的な栄誉も受けます、でも基本はみんな乞食ですよ。どんな栄誉を受けたって。生活気分はやっぱりルンペン、身近な切なさがなければ、世界は見えてこないと思います。やっぱり、どこかこう、おれは何やってんだという不幸せ感が人間を生かすのではないでしょうか。

むかし、寺山修司がぼくを誘って、三本立ての映画を一本だけみて出たことがありますが、どうだったかと聞くから、つまらなかったといったら、初めてぼくをにらんで、「世の中には、つまらない映画や、つまらない女などいないんだよ。つまらないと思った時は、あなたのボルテージがさがっている時なんだから、世の中、ものの見方で、どんなに駄作でも、あなたの見方で面白くしなければいけないんです。ただ単純につまらないという人に、ぼくは希望を感じません」

といわれたときは、ショックを受けました。だから、百花繚乱、いろんな作品があってもいいとぼくは思っています。そのいろんな中から、自分の好みにあったものを「愛ある想像」で補いつつ、読んでもらえばいいと思います。私の場合は、千人に一人の文学だと思ってるんです。この間も、広島の小学校から感想文を送ってもらいましたが、みんながみんな面白いといっているわけじゃない。「数ならぬ身」の不幸感が私の原動力なのですから、それでいいのだと思います。もっと話したいのですが、時間がきてしまいましたのでこれで終わります。

立川は、がさつな町ですが、駅の近くで便利なところに住んでますから、三食付きではありませんが、どうぞ泊りにいらしてください。ご清聴ありがとうございました。

（日本児童文学者協会創設五十年記念・関西大震災チャリティ講演会・「ひろしま児童文学35号」一九九五年）

# 吾詩従人笑

菅茶山の記念館が広島県神辺《かんなべ》町にオープンしたとの記事をみた。私にしてはめずらしく金があったので、羽田から岡山まで飛び、福山で福塩線に乗りかえて神辺で降りた。去年の十一月二十八日のこと。

茶山をよく知っていたわけではない。一九七〇年、私の二十二歳の誕生日に友人がくれた第二版広辞苑をぱらぱらめくっていたら、〈かん―さざん〉の項に偶然目が引かれ、そこの解説文が他の人名欄とくらべて格段カッコイイような気がしたのだ。

――江戸後期の儒者・漢詩人。備後（びんご）の人。京都に往き那波魯堂に従って程朱学を修む。詩に長じ、宋詩を唱道、関西の詩風、ために一変。帰郷して廉塾を開く。頼山陽の師。著「黄葉夕陽村舎詩」「筆のすさび」など。（一七四八―一八二七）

〝関西の詩風、ために一変〟。この部分は実に印象的だった。どんなジャンルにたずさわったにしても、後学からそんなぐあいに評価されたら坊主の頭、ゆうことなしの至福だな、と思った。以後、私の茶山つまみ読みが始まり、いつだったか、どこかの図書館で立ち読みした詩にこんなのがあった——廉塾に近所の子どもが白紙を一枚持ってきて字《じ》を教えろ、と言う。（全国区の有名人たる大先生に、怖いものしらずの村童が紙をつきだしている姿が想像できる）そこで大先生は「おまえの家の庭に梅が咲いているだろう。あの一枝を持ってくれば教えよう」とこたえる。

授業料は梅の一枝というのはいい。で、私はなけなしの金をはたいて神辺まで行きたくなったわけだ。

駅前からタクシーで記念館へ向かいだしてすぐ、息をのんだ。窓外の風景が、まさに「黄葉《こうよう》夕陽村《せきようそん》」そのもの。山というより小高い丘の、武蔵野の雑木林に似た木々の黄葉が、すでに傾いていた陽を浴びて、まぶしく黄金色に輝いていたからだ。私よりきっかり二百歳年長の茶山が、生地の最も美しいものが「黄葉夕陽」にあるとして家の名と詩集の名とにしたこと、二百年後もその風景がそこにあること。当然なのだろうが私にはひどくうれしく感じられた。

茶山（地元ではちゃざんらしい）の研究者ではない私に、彼の真の偉大さがわかるはずもない。ただ、蒼枯《そうこ》と思われる詩の中に光る新鮮な愛の香気や知性の永遠性のようなものは、特に晩年の作品に頻出する「稚子」や「山童」や「児女」など、無為自然な子どもたちの描写あるゆえ、と断言させてもらおう。

田んぼの中にたつ立派な記念館には頼山陽の書も並んでいたが、頼の御大層な、俗なメジャー志向を臭わせる筆と比較すると、茶山の筆の深く自足したカザニエの清雅な風骨は、なお明らかだった。

八十歳のときの五言古詩に「吾が詩は人の笑いに従《まか》す」という、うらやましい境地の一行がある。そのあたり少しでもあやかりたいと思いつつ宿へ帰った。

（『亜空間40号』一九九三年二月・児童文学創作集団）

# 下男のためのパヴァーヌ——松谷みよ子回想

「尊敬してる人物の名前は音読み敬称無しでいいんだよ。だからあなたはモリチュウメイ」。一九六七年夏の初対面の日、寺山修司はハイティーンの弟子に、どこか憐憫がうかぶまなざしで語った。生意気盛りの私は嬉しさをかくしてほざいた。

「それ、百姓読み、ともいうんじゃないですか」。

松谷みよ子が亡くなった時、〈女王逝く〉と大字印刷した新聞があったという。私にとっても〈豊穣王〉であった存在を敬称抜きで通すのは心苦しいが、ここは寺山修司の教えに従おう。

その文学論や厖大な業績の評価をやろうとしても、そんな能力のない私にできることは、松谷みよ子という女王からの恩寵の数々を、極力確然と書き残し、ラヴェルのパヴァーヌ風遺香のひそみに百分の一なりと倣うことぐらいだろう。

殊勝神妙な書きだしのすぐあと、〈女王の力落とし顔と母猫の力落としぶりが似ていた〉などと記せば、古くからの松谷ファンは色をなすかもしれない。言い訳は少し長くなるけれど、以下のようなことなのだ。

私が東京西部の田舎町に移住して小さい家に住みはじめるとすぐ、野良の母子猫計五匹が居ついてしまった。秋の夕刻、きょうだいの中でいちばんスローモーな灰色猫が、母猫から五、六メートル離れた道路上でワゴン車に轢かれ、激しく全身痙攣して絶命した。私はたまげたが、もっとたまげたのは母猫の、何とも形容しがたい落胆の姿だった。口辺から血を流して横たわる吾子に駆け寄るでもなく、鳴きわめくでもなく、七、八秒じっと見つめたあと、存立平面上蹌踉とでもいうか、心底ヨヨたる四足歩行でどこかへ去った。

当夜。実に不敬な連想ではあったが、その母猫が示した〝究極のさみしさ〟と似たものを、一九八八年七月八日、早朝の野尻湖畔でも見た、と思った。

同年の四月に大石真の推挙で童話雑誌「びわの実学校」同人になっていた私は、主宰者だった坪田譲治を偲ぶ七夕忌（七月七日、七回忌）のお手伝いとして、信州野尻湖畔の小松屋ホテルへ行った。前日、女王と並び立つ巨匠・今西祐行のニッサン・プレーリーを交替で運転し、約五時間走っての参加だった。

坪田譲治は敗戦の年の四月、湖に面した萱葺きの家を買い取って疎開。そこに正男、善男、理基男の三兄弟が無事復員してきたのだった。

〈床がゆれるので舟の家、といったその家へは、一九五二年には佐藤春夫夫妻も訪れているし、堀口大学氏も訪れたという。この家はその後町へ寄附されたが、数年前、大雪で潰れ今は無い。〉（松谷みよ子・「季刊びわの実学校」一九八八年十月）。

もんだいはそれに続く文章だ。

〈ただ、「心の遠きところ　花静なる田園あり　譲治」という碑が当時のまま建っているのだが、今回、草に埋もれ、石や古瓦などが積まれている有様に胸が詰まった〉。

ここは女王の寛仁をあらわす部分である。高さ約二メートル、幅約三十センチの細長い石の文学碑は、実際は横倒しになっていたのだ。建ってはいたが立ってはいないのだ。

同人縁者のほかに横浜の文豪・長崎源之助もまじえた盛会、七夕忌の翌朝。ホテルの外へひとり散歩にでた当時四十歳の、かなり老けた下男たる私は、やはりおひとりで朝の清爽な空気の中にたたずまれ、妙高方面を眺めておられた六十二歳の女王が、（あちらのほうへ歩いてみませんか）という指さしに、（ははっ、お伴つかまつる）と小走り。そして、あの、女王の胸を詰まらせ、かの母猫にそっくりの表情をさせてしまう地点に着いたのだった。

松谷みよ子は無言のまま、草に埋もれ、長年月倒れたままであったことが明らかなものを見つめていた。ふだん冗舌多弁な下男も絶句するほかない。恩師・坪田譲治への敬慕の念の深さは知っていた下男だが、松谷みよ子の数十分にわたる沈黙と、師弟愛の「ほんもの」に気圧されて、しばし粛然たらざるをえなかった。

そも下男というものには苛酷な観察癖がある。倒れた石碑の側面の、浅彫（風化のせいもあろう）の漢字たちが、坪田譲治の文業と全く関係ないものであることを確認したのは、女王がその場を静かに離れたあとのことだった。たぶん二度以上のつとめを果たしている石碑であることは、さすがに言上できなかった。たとえしたとしても、こう答えられるはずなのだ。

「この村の人たちは、使い古しの石を使ってまで、譲治先生を顕彰したかったのね」。

その善意解釈には不純な嫌味は無いだろうし、現に前掲の「野尻湖畔七夕忌」報告にも恨みがましさは無い。「胸が詰まった」だけなのだ。しかし、何かをかなしみ何かを我慢されていたことは確かである。私ならすぐさま役場に乗り込み、「修復するか片づけるかはっきりせい」ぐらいの吠え方はする。たとえ実物の坪田譲治を知らない唯一の同人であっても、義憤公憤をおさえがたいものがあった。

〈我慢の女王〉――主権権力の別名にガマンを冠するのは似合わない。とはいえ、松谷みよ子という生存型ジェルソミーナ系（武田泰淳による分類法）は、当人自身はちっともガマンしているとは意識しないのだけれど、組織平面上の凡夫には、絶えず何かに耐えているように思え、その超人性の謎にくびをひねり、かつ怯えてきた、というのが男たちの実情であろう。

海の向うでPatience（忍耐）とは女子の名でもあり、愛称はPatty。幼児期から「嬢ちゃん」と呼ばれた松谷みよ子が、文学界の女王になってからも、どこか控え目でありつづけたのは、天成の「パティ性」ゆえだったかもしれない。

振り返れば、安寿もシンデレラも、かぐや姫も白雪姫も、fortitudeとforbearanceの体現者だったことに気づく。

拙作「飛べなくたって鳥だ」が『日本児童文学二百号記念コンクール』で短編一位に選ばれ、飯田橋の日本出版クラブで表彰式が行われたのは一九七四年四月二十七日。当時二十代半ばの私に関英雄理事長が、「森さんの作品より、さっきのスピーチのほうが面白かった」と面白くなさそうに無表情でおっしゃった直後、「がんばってくださいね」――それは優しげなかんばせと声音で登場、ビールを注いでくれたのが松谷みよ子、四十八歳との初対面であった。雲上人の突然の降下にミーハーの私は反対に舞い上がり、

「ぼくの両親は日本の童話作家で知っているのは先生のお名前だけです」。いくら事実とはいえ互いに羞恥の瞬間だったが、大物というものは、こんな追従もどきの気持ち悪さをガマンしなければならない、と考え、澄ましていた。

あの初対面の日、参会した多くの人に眼施をささげ礼をなし給ふ松谷みよ子を見ていて思ったのは、（聖母風なのは絶対演技じゃないな。父系とか双系とかを超えた聖系だよ）ということであった。

『続ね、おはなしよんで』（童心社・一九六三年）収載の「ちいさいモモちゃん」を読めば、作

者が初めの頃からジレンマやルサンチマンを捨象して、一気に「ママのおっぱい」の太母性につなげるという、独特のメタフィジック、もしくはとんでもない秘術の使い手だったことがわかる。

〈女は心やわらかなるなんよき〉と紫式部は書いたが、心よりもむしろ身の、あのおっぱいの「やわらかさ」と、そこへの離着の勝手放題を「そういうものなのよ」——うなずいてみせる〝聖母胎主義〟。

「ママのおっぱい」、それは生成変転するすべてのものをユルスしかないことを、自他へ伝える神器であり、男ごのみの懐疑主義や諦観をひそかにわらう。

モモちゃんの誕生を祝福するために、カレー粉のふくろをしょってやってきたじゃがいもさんと、にんじんさんと、たまねぎさんは、モモちゃんがまだカレーをたべられないことを知ってびっくり、〈ころがるようにでていきました。でていってから、はあっと、大きなためいきがきこえました〉。

下男の私がじゃがいもさんなら、「ひとがくれるっちゅうもんはもらっといて、いらなきゃあとで捨てればいい。あんなにつよく辞退するこたあねえ」と悪態をつくところ、にんじんさんたちは大地の精としてあくまでも大らかであり、あくまでも他者や準他者などをユルス単位なのだ。

「はあっと、大きなためいき」をつくだけなのは、後年のリアリズム作品にもあらわれる。「じょうちゃん」（『びわの実ノート』一九九七年）は松谷みよ子の自伝的短編だが、青春時代の結核療養所でも人形劇団でも、彼女の善意が却って仇や嫉（そねみ）となるエピソードの連続であり、〈ちらりと姿をみせた魚影に、ぞっとすること〉はあっても、若き日の女王は、あやにくな運命と憂き節（ふし）しげき世を責めず、やはり溜息をつくだけである。

八十年代の中頃、埼玉県富士見市の公民館で講演を終えた私に、出版社の編集者だという女性が挙手、「評論家のSさんが最近の松谷みよ子論で、〝松谷は母性べったりすぎる、乾いた感性の神沢利子を見習うべき〟というふうに書かれていて、また一方には〝子どもを産んで育てたことのない女性に松谷みよ子の良さが分かるわけがない〟とかいう意見もあるようですが、森さんはどうお考えでしょうか」。

業界の噂として「女王は余裕の笑みをうかべつつも〝母性にあぐらをかいてる論〟に反論したい御様子」らしいことは耳にしていた。

「Sさんは僕が最初に出した本を新聞で褒めてくれた人で、京都でお会いしてます。彼女の松谷論は読みましたが、両大家を二項対立ぽくしているのは（違うなあ）と思いました。〈知はいつも情に一杯食わされる〉っていうラ・ロシュフコーみたいに、知の神沢利子VS情の松谷みよ子に分けて、前者のほうが質が高いっていうふうなね。一応男である僕からすると、男にはどうしても描けない母乳の匂いたっぷりの物語をたくさん本にしてる松谷みよ子のほうが何だか怖いようで好きです。一杯食わされてるとは思えない。同性のSさんには鼻につくんでしょうか。

昔、鶴見俊輔が知の最たる論理実証主義の弱さを語ってましたが、松谷さんは学問の結果そのことを知ったんじゃなくて、生まれながらにさずかってたんですよ。ライフワークとして民話研究へ向かったのもそのためでしょ。いわゆるエリートの男どもが信奉するエグザクチチュードなんかじゃ決して手に入らない宝があるって、若い時から分かってた」。

後日談。その女性編集者は私の与太話を女王のお耳に入れたというのである。「松谷先生、たいへん喜んでおられました」。私は喜べず、あの御方はまた何かを忍耐しているような気がした。

「民譚は現在の常識によって眞僞を判定してはならぬという意味を寓している」とは『民俗学辞典』（東京堂出版・一九五一年）のとなえるところだが、才知を競い判定を急ぎ盛名を欲望する人間を眼下に、わが女王は慕わしき遠祖が残した数万におよぶ民話・昔話の保存部分と自由部分の境や、完形と派生形のはざまあたりに、「文学」などには退行しないプレーン・フォークスの「原実界」（下男の造語）を、先天性美的呪力によって透視していたのだ、と愚考する。

「がんばってくださいね」。

御齢四十八歳のあの日、あたかも園遊会の妃殿下のごとく雅やかな身ごなしで接してくれた方が、十四年後、「びわの実学校」同人となる私にガマン検定試験としか考えられないツレナイソブリをされたのだった。どうやら女王は悪名高い異端児・寺山修司をガマンしておられたらしいのである。

「ぼくのこと嫌いな連中が多いからね、将来あなたが本を出す時、寺山修司に師事って書くと売れないよ」。

入門まもないハイティーンに師は呟くようにそう言ったが、本当なのであった。〈なんじら我名のために万人に憎まれん――マテオ伝〉というわけで、日本児童文学界のキングライク「びわの実学校」同人たちは、大石真をのぞき他はすべて反・寺山であり、位抜（くらいぬ）け感が下男の私にあったのだろう、「森なんか入れたら荒らされる」と渋面した重鎮もいたらしい。そんなところに早稲田出身でもないホモ・サケルを入れようとした大石真にはどんな思惑があったのか。準拠集団に属するのが死ぬほどいやな私なのに、寺山修司と大石真の魅力には逆らえず、いつも近くでいそいそしていたかったのである。

「森さんが坪田譲治を嫌いでないなら同人になって編集手伝ってもらいたいなあ」。

余命が二年しかないことを御本人も私も知らなかった。しかし、いやな予感はあった。ある雑誌のアンケートに〈森さんの最近作は、どれもおもしろい。自己体験に固執しているように見せながら、普遍の世界に達しているところがすごい。大人の描き方、子どもの死の扱い方など、舌をまくほどのうまさです。九〇年代の活躍が楽しみ。〉とあるのを見た時、（ああ、大石先生、死ぬ気だ――）でなければこんな椀飯振舞するはずはなく、妙に悲しいのだった。

やっぱり発病入院されたために、講談社別館の一室で行われる編集会議に大石真はずっと不参。新入りの私はＰＴＡの援護もなく、反・寺山のキングとクィーンに囲まれた。今西祐行、前川康男、寺村輝夫、砂田弘、竹崎有斐、高橋健、あまんきみこ、宮川ひろ、そして松谷みよ子から生前の寺山修司について尋問が始まり、私が正直に、特に寺山流弟子育成方法について供述し終えると、松谷みよ子が第一声を発した。

「詩人（寺山）って、そんなに俗っぽいのかしら」。

予想外のシニカルな語調にかちんときた。

（自分の供述のまずさを反省しよう。推挙者のことも思え。ここはガマンしておこう）。

竹崎有斐「今江祥智がずいぶん（森を）買ってるようだが、今江がここに居たら俺は席を立つ」。（蒙古軍をやっつけた武士が先祖だけあって威勢がいいや）。

砂田弘「森さんの家、ケイリンジョウの近く？」。（軽淋、かるいさびしさの近くにおりますよ）。

寺村輝夫「あんた（森）の短編はとにかくうまい。四十か、若くはない」。（長編だって捨てたもんじゃないの。若いなんて誇ってないぞ〉。

腕力の勝負では必敗の私でも、団十郎の末裔である、啖呵を切ることは得意ゆえ、つっかかろうと思えばできたのだが、シラーの言葉を想起して微苦笑するにとどめた。

〈大いなる精神は静かに耐えつづける〉。

同じ会議の終りかけ、次号に掲載できるよう、新人の田村理江、加藤章子などへ電話で幾度も書き直しの依頼をしていることを告げると、女王はまた冷笑的にのたまった。

「電話なんかでよく指導できるわねえ」。

〈できるのさ〉と中腹ではあったが、ここもおっとり装い、隅っこで黙っていた。歌舞伎における辛抱立役（しんぼうたちやく）のスタンスであり、旧来それは二枚目の善人がやることになっている。私にふさわしかった、とは到底思えない。

講談社の児童書編集部長が「前衛の森せんせいがびわの実に入っても何のメリットもないでしょ」と発言した際も、〈大出版社のコンプリヘンシブ・マインドが、そんなしみったれた権助ぜりふをぬかしちゃならねえぜ〉と、ひたすら虫を殺していたのだった。

ヘブライの族長にして忍苦の篤信者・ヨブには遠く及ばぬものの、下男の抑制力を嘉して合格としたのか、それ以後、キングとクィーンたちは私に優しくふるまうようになった。女王の黒姫山麓の大別荘で賜餐の光栄に浴した晩、百膳といっても大げさではない山海の珍味と美酒に舌なめずりしながら、下男は例のごとくはしたない感想を漏らしたのだった。〈すげえや。これが大ベストセラー作家の実力か。「金に窮したら松谷さんに借りればいい」って大石真が言ってただけのことはある〉。

入院手術して療養が長びく大石編集長が高橋健に委譲すると、探検好きの冒険王でもあったその作家は、私の推す新人の作品をすんなり載せてくれた。

一九九〇年九月六日、大石真を荼毘に付している間、汗だく涙まみれの下男を慰めるように、女王は握り飯を一つさしだされ、ビールを注いでくださった。

翌年の秋、拙作『ホーン岬まで』（くもん出版）が野間児童文芸賞に決まってすぐ、御親筆の葉書が届いた。〈森さん、野間賞おめでとう‼　よかったですね皆さんの支持がそろって高かったのです。それはそうと受賞式にご招待の人をきかれると思うけど、大石さんのかわりにおくさまをよんであげたら、ってふと思いました。決まったとき、まっさきに浮かんだのが大石さんの笑顔だったの〉。

最後のお目通りは二〇〇二年十一月二十四日。仙台文学館での講演を拝聴にでかけた下男がおずおず敬礼すると、七十六歳の女王は美少女パティさながらただ一言、

「はずかしいわ」。

そして今年の二月二十八日、八十九歳でお隠れになられ、お別れ会なるものがあると聞いた下男は、まだお別れしたくなかったので出向かず、松谷みよ子傑作中の傑作『トランプ占い』（小峰書店・一九九七年）を再読することにした。

「やんちゃ坊主」「ついてる男」――

私のいない所で、女王は少し舌打ちぎみにそう呼んでいたのだそうであるが、その真意をうけたまわる日を楽しみにしている。

（pubspace-x2231,2015.08.12）

# あとがき

六十余年前、保育園で地球儀というものを初めて見た。大好きだった浜中先生が「忠明ちゃん、あなたもせんせいも、この赤い所にすんでいるのよ」と、それは優しげに教えてくれた時、五歳松組の私は衝撃死寸前となった。そして直覚――〈ボクタチハ　ナニカスゴイイタズラモノニ　フザケタコトヲサレテイル！〉。

爾後、虚空に浮かぶ星々と、その無涯を想うたび、かすかな嘔気におそわれる。

なんのことはない、我が文業とは〝吐き気どめ〟の一種、かりそめの療法にすぎなかったようである。

そんなストレイ・ワークに献辞など記せるわけもないが、長年私を「やんちゃ坊主」と呼ばれた松谷みよ子先生と、「駄々っ子」と呼ばれた九條今日子先生の〝二人の亡母〟に捧げたい。

表紙に使用したペルー製壁掛の男は、空谷の小屋にこもりがちな貧生《わたし》を、三十年以上も見守ってくれた友であり、背荷物には色々な土産が入っているはずだ。

たいへんお世話になった翰林書房の今井静江氏には、土産のなかで一等いいものをさしあげる所存。

寝流庵にて　森　忠明

【著者略歴】

森　忠明（もり　ただあき）

詩人・童話作家

1948年5月　東京都立川市に生れる

1967年　大東文化大学日本文学科中退、寺山修司主宰「演劇実験室・天井棧敷」の初代文芸部長となるが70年フリーに

1973年　『ボビーよぼくの心を走れ』でNHK賞

1987年　『へびいちごをめしあがれ』で新美南吉賞

1988年　大石真の推挙により「びわの実学校」同人となる

1991年　『ホーン岬まで』で野間児童文芸賞

1998年　『グリーン・アイズ』で赤い鳥文学賞

2001年　関東医療少年院講師として少年Aに面接授業

2002年　『森忠明ハイティーン詩集』（寺山修司選・北川幸比古編集）出版

2015年　1974年以来関るNHK東京児童劇団のために新作を構想

ともきたる空谷跫音録

| | |
|---|---|
| 発行日 | 2016年 6 月20日　初版第一刷 |
| 著　者 | 森　忠明 |
| 発行人 | 今井　肇 |
| 発行所 | 翰林書房 |
| | 〒151-0071 東京都渋谷区本町1-4-16 |
| | 電 話　(03) 6276-0633 |
| | FAX　(03) 6276-0634 |
| | http://www.kanrin.co.jp/ |
| | Eメール●Kanrin@nifty.com |
| 装　釘 | 島津デザイン事務所 |
| 印刷・製本 | メデューム |

落丁・乱丁本はお取替えいたします

ISBN978-4-87737-397-9